dtv
Bibliothek der Erstausgaben

★

Jean Paul
Leben des vergnügten Schulmeisterleins
Maria Wuz in Auenthal

Jean Paul

Leben des vergnügten Schulmeisterleins Maria Wuz in Auenthal

Eine Art Idylle

Berlin 1793

Herausgegeben von
Joseph Kiermeier-Debre

Deutscher Taschenbuch Verlag

Der Nachdruck des Textes folgt originalgetreu
der Erstausgabe von 1793. Sie erschien als Anhang zur
Erstausgabe der „Unsichtbaren Loge“, Band 2, Berlin 1793,
in Karl Matzdorffs Buchhandlung.
Die Originalpaginierung wird im fortlaufenden Text vermerkt.
Der Anhang gibt Auskunft zu Autor und Werk.

MIX
Papier aus verantwortungsvollen Quellen
FSC® C019821
FSC www.fsc.org

Originalausgabe 2013
Deutscher Taschenbuch Verlag GmbH & Co. KG,
München
www.bibliothekdererstausgaben.de

Umschlagkonzept: Balk & Brumshagen
Umschlagbild: akg-images
Gesetzt aus der Bembo
Satz: Karlheinz Hülser, Konstanz
Druck und Bindung: Druckerei C. H. Beck, Nördlingen
Gedruckt auf säurefreiem, chlorfrei gebleichtem Papier
Printed in Germany · ISBN 978-3-423-02687-1

Die
unsichtbare Loge.

Eine Biographie

von

Jean Paul.

Zweiter Theil.

Mit Churfürstl. Sächsisch. Privilegio.

Berlin, 1793.
in Karl Matzdorffs Buchhandlung.

Leben des vergnügten Schulmeisterleins Maria Wuz in Auenthal.

Eine Art Idylle.

Wie war dein Leben und Sterben so sanft und meerstille, du vergnügtes Schulmeisterlein Wuz! der stille laue Himmel eines Nachsommers gieng nicht mit Gewölk, sondern mit Duft um dein Leben herum: deine Epochen waren das Schwanken und dein Sterben war das Umlegen einer Lilie, deren Blätter auf stehende Blumen aus einander flattern — und schon außer dem Grabe schliefest du sanft!

Jezt aber, meine Freunde, müssen vor allen Dingen die Stühle um den Ofen, der Schenktisch mit dem Trinkwasser an unsre Knie gerückt und die Vorhänge zugezogen und die Schlafmützen aufgesetzt werden und an die grand monde über der Gasse drüben und ans palais royal muß keiner von uns denken, bloß weil ich die ruhige Geschichte des vergnügten Schulmeisterleins erzähle — und du, mein lieber Christian, der du eine einathmende

Wie war dein Leben und Sterben so sanft und meerstille, du vergnügtes Schulmeisterlein Wuz! der stille laue Himmel eines Nachsommers gieng nicht mit Gewölk, sondern mit Duft um dein Leben herum: deine Epochen waren das Schwanken und dein Sterben war das Umlegen einer Lilie, deren Blätter auf stehende Blumen aus einander flattern – und schon außer dem Grabe schliefest du sanft!

Jezt aber, meine Freunde, müssen vor allen Dingen die Stühle um den Ofen, der Schenktisch mit dem Trinkwasser an unsre Knie gerückt und die Vorhänge zugezogen und die Schlafmützen aufgesetzt werden und an die grand monde über der Gasse drüben und ans palais royal muß keiner von uns denken, bloß weil ich die ruhige Geschichte des vergnügten Schulmeisterleins erzähle – und du, mein lieber Christian, der du eine einathmende |370| Brust für die einzigen dephlogistisierten und stärkenden Freuden des Lebens, für die häuslichen hast, setze dich auf den Arm des Stuhls, aus dem ich heraus erzähle und lehne dich zuweilen ein wenig an mich! du machst mich gar nicht irre.

Seit der Schwedenzeit waren die Wuze Schulmeister in Auenthal und ich glaube nicht, daß Einer vom Pfarrer oder von seiner Gemeinde verklagt wurde. Allemal acht oder neun Jahre nach der Hochzeit versahen Wuz und Sohn das Amt mit Verstand – unser Maria Wuz dozierte unter seinem Vater schon in der Woche das Abc, in der er das Buchstabieren erlernte, das nichts taugt. Der Karakter unsers Wuz hatte wie der Unterricht anderer Schulleute etwas Spielendes und Kindisches, aber nicht im Kummer sondern in der Freude.

Schon in der Kindheit war er ein wenig kindisch. Denn es giebt zweierlei Kinderspiele, kindische und ernsthafte – die ernsthaften sind Nachahmungen der Erwachsenen, das Kaufmanns- Soldatens- Handwerkers-Spielen – die kindischen sind Nachäffungen der Thiere. Wuz war beim Spielen nie etwas anders als ein Haase, eine Turteltaube |371| oder das Junge derselben, ein Bär, ein Pferd oder gar der Wagen daran. Glaubt mir! ein Seraph findet auch in unsern Kollegien und Hörsälen keine Geschäfte sondern nur Spiele und, wenn ers hoch treibt, jene zweierlei Spiele.

Indeß hatt' er auch wie alle Philosophen seine ernsthaftesten Geschäfte und Stunden. Setzte er nicht schon längst – ehe die brandenburgischen erwachsenen Geistlichen nur fünf Fäden von buntem Ueberzug umthaten – sich dadurch über große Vorurtheile weg, daß er eine blaue Schürze die seltner der geistliche Ornat als der in ein Amt tragende D. Fausts Mantel guter Kandidaten ist, Vormittags über sich warf und in diesem kouleurten Meßgewand der Magd seines Vaters die vielen Sünden vorhielt, die sie um Himmel und Hölle bringen konnten? – ja er grif seinen eignen Vater an, aber Nachmittags: denn wenn er diesem *Kobers* Kabinetsprediger vorlas, wars seine innige Freude, dann und wann zwei, drei Worte oder gar Zeilen aus eignen Ideen einzuschalten und diese Interpolation mit weg zu lesen, als spräche H. Kober selbst mit seinem

Vater. Ich denke, ich werfe durch diese Personalie vieles Licht auf ihn |372| und einen Spaß, den er später auf der Kanzel trieb, da er auch Nachmittags den Kirchgängern die Postille an Pfarrers Statt vorlas, aber mit so viel hineingespielten eignen Verlagsartikeln und Fabrikaten, daß er dem Teufel Schaden that und dessen Diener rührte. „Justel sagt' er nachher um 4 Uhr zu seiner Frau, was weist du unten in deinem Stuhl, wie prächtig es einem oben ist, zumal unter dem Kanzelliede."

Wir können's leicht bei seinen ältern Jahren erfragen, wie er in seinen Flegeljahren war. Im December von jenen ließ er allemal das Licht eine Stunde später bringen, weil er in dieser Stunde seine Kindheit – jeden Tag nahm er einen andern Tag – rekapitulierte. Indem der Wind seine Fenster mit Schnee-Vorhängen verfinsterte und indem ihn aus den Ofen-Fugen das Feuer anblinkte: so drückte er die Augen zu und ließ auf die gefrornen Wiesen den längst vermoderten Frühling niederthauen; da bauete er sich mit der Schwester in den Heuschober ein und fuhr auf dem architektorisch gewölbten Heu-Gebürge des Wagens heim und rieth droben mit geschlossenen Augen wo sie wohl nun fahren. In der Abendkühle unter dem |373| Schwalben-Scharmuzieren über sich schoß er, froh über die untere Entkleidung und das Deshabillée der Beine, als schreiende Schwalbe herum und mauerte sich für sein Junges – ein hölzerner Weihnachtshahn mit angepichten Federn wars – eine Koth-Rotunda mit einem Schnabel von Holz und trug hernach Bettstroh und Bettfedern zu Nest. Für eine andere palingenesierende Abendstunde wurde ein prächtiger Trinitatis (ich wolt' es gäbe 365 Trinitatis) aufgehoben, wo er am Morgen im tönenden Lenz um ihn und in ihm, mit läutendem Schlüssel-Bund und durchs Dorf in den Garten stolzierte, sich im Thau abkühlte und das glühende Gesicht durch die tropfende Johannisbeer-Staude drängte, sich mit dem hochstämmigen Grase maaß und mit zwei schwachen Fingern die Rosen für den H. Senior und sein Kanzelpult abdrehte. An eben diesem Trinitatis – das war die zweite Schüssel an dem nämlichen Dezember-Abend – quetschete er, mit dem Sonnenschein auf dem Rücken, den Orgeltasten den Choral „Gott in der Höh' sei Ehr" ein oder ab (mehr kann er noch nicht) und streckte die kurzen Beine mit vergeblichen Approchen zur Parterre-Tastatur hinunter und der Vater riß für ihn die richtigen Register her|374|aus. – Er würde die ungleichartigsten Dinge zusammenschütten, wenn er sich in den gedachten zwei Abendstunden erinnerte, was er im Kindheits-December vornahm; aber er war so klug, daß er sich erst in einer dritten darauf besann, wie er sonst abends sich aufs Zuketten der Fensterläden freuete, weil er nun ganz gesichert vor allem in der lichten Stube huckte, ob er sich gleich vor der äußern Perspektive des die Stube abspiegelnden Fensters in Acht nahm; wie er und seine Geschwister die abendliche Kocherei der Mutter ausspionierten, unterstützten und unterbrachen, und wie sie mit zugedrückten Augen und zwischen den Brustwehr-Schenkeln des Vaters auf das Blenden des kommenden Lichts sich spitzten und wie sie, in dem aus dem unabsehlichen Gewölbe des

Universums herausgeschnittenen oder hineingebauten Kloset ihrer Stube so beschirmet waren, so satt, so wol.... Und alle Jahre, so oft er diese Retourfuhre seiner Kindheit und des Wolfsmonats darin, veranstaltete, vergaß und erstaunt' er – sobald das Licht angezündet wurde – daß in der Stube, die er sich wie ein Loretto-Häusgen aus dem Kindheits-Kanaan herüber holte, er ja gerade jezt säße. – So beschreibt er wenigstens selber diese Er|375|innerungs-*hohen-Opern* in seinen *Rousseauischen Spatziergängen*, die ich da vor mich lege, um nicht zu lügen....

Allein ich schnüre mir den Fuß mit lauter Wurzelngeflecht und Dickigt ein, wenn ichs nicht dadurch wegreiße, daß ich einen gewissen äußerst wichtigen Umstand aus seinem männlichen Alter herausschneide und sogleich jezt aufsetze; nachher aber soll ordentlich a priori angefangen und mit dem Schulmeisterlein langsam in den drei *aufsteigenden Zeichen* der Alters Stufen hinauf und auf der andern Seite in den drei *niedersteigenden* wieder hinabgegangen werden – bis Wuz am Fuß der tiefsten Stufe vor uns ins Grab fällt.

Ich wolte, ich hätte dieses Gleichniß nicht genommen. So oft ich in Lavaters Fragmenten oder in Comenii orbis pictus oder an einer Wand das Blut- und Trauergerüste der sieben Lebens-Nationen [-Stationen] besah – so oft ich zuschauete, wie das gemalte Geschöpf, sich verlängernd und ausstreckend, die Ameisen-Pyramide aufklettert, drei Minuten droben sich umblickt und einkriechend auf der andern Seite niederfährt und abgekürzt umkugelt auf die um diese Schädelstätte liegende Vorwelt – und |376| so oft ich vor das athmende

Rosengesicht voll Frühlinge und voll Durst, einen Himmel auszutrinken, trete und bedenke, daß nicht Jahrtausende sondern Jahrzehende dieses Gesicht in das zusammen geronnene zerknüllte Gesicht voll überlebter Hofnungen ausgedorret haben .... aber indem ich über andre mich betrübe, heben und senken mich die Stufen selber und wir wollen einander nicht so traurig machen!

Der wichtige Umstand, bei dem uns wie man behauptet so viel daran gelegen ist, ihn voraus zu hören, ist nämlich der, daß Wuz eine ganze Bibliothek – wie hätte der Mann sich eine kaufen können – sich eigenhändig schrieb. Sein Schreibzeug war seine Taschendruckerei; jedes neue Meßproduckt, dessen Titel das Meisterlein ansichtig wurde, war nun so gut als geschrieben oder gekauft: denn es setzte sich so gleich hin und machte das Produkt und schenkt' es seiner ansehnlichen Büchersammlung, die wie die heidnischen aus lauter Manuskripten bestand. Z. B. Kaum waren die physiognomischen Fragmente von Lavater da: so ließ Wuz diesem fruchtbarem Kopfe dadurch wenig voraus, daß er sein Konzeptpapier in Quarto brach |377| und drei Wochen lang nicht vom Sessel weggieng, sondern an seinem eignen Kopfe so lange zog bis er den physiognomischen Fötus heraus hatte – (er bettete den Fötus aufs Bücherbrett hin –) und bis er sich den Schweizer nachgeschrieben hatte. Diese Wuzische Fragmente übertitelte er die Lavaterschen und merkte an; „er hätte nichts gegen die gedruckten; aber seine Hand wäre hoffentlich eben so leserlich, wenn nicht besser als irgend ein Mittel Fraktur Druck." Er war kein verdammter Nachdrucker, der das Original hinlegt und oft das Meiste daraus abdruckt: sondern er nahm gar keines zur Hand. Daraus sind zwei Thatsachen vortreflich zu erklären: erstlich die, daß es manchmal mit ihm haperte und daß er z. B. im ganzen Federschen Traktat über Raum und Zeit von nichts handelte als vom Schifs-*Raum* und der *Zeit* die man Menses nennt. Die zweite Thatsache ist seine Glaubenssache: da er einige Jahre sein Repositorium auf diese Art voll geschrieben und durch studieret hatte: so nahm er die Meinung an, seine Schreibbücher wären eigentlich die kanonischen Urkunden; und die gedruckten wären bloße Nachstiche seiner geschriebnen; nur das, klagt' er, könn' |378| er – und böten die Leute ihm Balleien dafür an – nicht herauskriegen, wienach und warum der Buchführer das Gedruckte allzeit so sehr interpoliere und umsetze, daß man wahrhaftig schwören sollte, das Gedruckte und das Geschriebne hätten doppelte Verfasser, wüste man's nicht sonst.

Es war einfältig wenn etwa ihm zum Possen ein Autor sein Werk gründlich schrieb, nämlich in Queerfolio – oder witzig, nämlich in Sedez: denn sein Mitmeister Wuz sprang den Augenblick herbei und legte seinen Bogen in die Quere hin oder krempte ihn in Sedezimo ein.

Nur Ein Buch ließ er in sein Haus, den Meßkatalog; denn die besten Inventarienstücke desselben mußte der Senior am Rande mit einer schwarzen Hand bestempeln, damit er sie hurtig genug schreiben konnte, um das Ostermeß-Heu in die Pause [Panse] des Repositoriums hinein zu mähen, eh' das Michaelis-Grummet herausschoß. Ich möchte seine Meisterstücke nicht schreiben. Den größten Schaden hatte der Mann davon – Obstruktion zu halben Wochen und Strangurie auf der andern Seite – wenn der Senior (fein Friedrich Nikolai) zuviel Gutes, das er zu schreiben hatte, anstrich und |379| seine Hand durch die gemalte anspornte; und sein Sohn klagte oft, daß in manchen Jahren sein Vater vor litterarischer Geburtsarbeit kaum niesen konnte, weil er auf einmal Sturms Betrachtungen die verbesserte Auflage, Schillers Räuber und Kants Kritik der reinen Vernunft, der Welt zu schenken hatte. Das geschah bei Tage; Abends mußte der gute Mann nach dem Abendessen noch gar um den Südpol rudern und konnte auf seiner Kookischen Reise kaum drei gescheute Worte zum Sohne nach Deutschland heraufreden. Denn da unser Encyklopädist nie das innere Afrika oder nur einen spanischen Maulesel-Stall betreten oder die Einwohner von beiden gesprochen hatte: so hatt' er desto mehr Zeit und Fähigkeit, von beiden und allen Ländern reichhaltige Reisebeschreibungen zu liefern – ich meine eine solche, worauf der Statistiker, der Menschheits-Geschichtschreiber und ich selber fußen können – erstlich deswegen, weil auch andre Reisejournalisten ihre Beschreibungen, ohne die Reise machen – zweitens auch weil Reisebeschreibungen überhaupt unmöglich auf eine andre Art zu machen sind, angesehen noch kein Reisebeschreiber wirklich vor oder in dem Lande stand, das |380| er silhouettirte: denn so viel hat auch der Dümmste noch aus Leibnitzens vorherbestimmten Harmonie im Kopfe, daß die Seele, z.B. die Seelen eines Forsters,

Brydone, Björnstähls – insgesammt seßhaft auf dem Isolierschemmel der versteinerten Zirbeldrüse – ja nichts anders von Südindien oder Europa beschreiben können als was jede sich davon selber erdenkt und was sie, beim gänzlichen Mangel äusserer Eindrücke, aus ihren *fünf Kanker-Spinnwarzen* vorspinnt und abzwirnt. Wuz zerrete sein Reisejournal auch aus niemand anders als aus sich.

Er schreibt über alles und wenn die gelehrte Welt sich darüber wundert, daß er fünf Wochen nach dem Abdruck der Wertherischen Leiden, einen alten Flederwisch nahm und sich eine harte Spuhle auszog und damit stehendes Fußes sie schrieb, die Leiden, – ganz Deutschland ahmte nachher seine Leiden nach: – so wundert sich niemand weniger über die gelehrte Welt als ich: denn wie kann sie Rousseau's Bekenntnisse gesehen und gelesen haben, die Wuz schrieb und die Dato noch unter seinen Papieren liegen? In diesen spricht aber J. J. Rousseau oder Wuz (das ist einerlei) so von sich, |381| allein mit andern Worten: „Er würde wahrhaftig nicht so dumm seyn, daß er Federn nähme und die besten Werke machte, wenn er nichts brauchte als bloß den Beutel aufzubinden und sie zu erhandeln. Allein er habe nichts darin als zwei schwarze Hemdknöpfe und einen kothigen Kreuzer. Woll' er mithin etwas Gescheutes lesen z. B. aus der praktischen Arzneikunde und aus der Kranken-Universalhistorie: so müss' er sich an seinen triefenden Fensterstock setzen und den Bettel ersinnen. An wen woll' er sich wenden, um den Hintergrund des Freimäurer-Geheimnisses auszuhorchen, an welches Dionysius Ohr mein' er als an seine zwei eigne? Auf diese, an seinen eignen Kopf angeöhrten hör' er sehr und indem er die Freimäurer-Reden, die er schreibe, genau durchlese und zu verstehen trachte: so merk' er zuletzt allerhand Wunderdinge und komme weit und rieche im Ganzen genommen Lunten. Da er von Chemie und Alchemie so viel wisse wie Adam nach dem Fall, als er alles vergessen hatte: so sei ihm ein rechter Gefallen geschehen, daß er sich den annulus Platonis geschmiedet, diesen silbernen Ring um den Blei Saturn, diesen Gyges-Ring, der so vielerlei unsichtbar mache, |382| Gehirne und Metalle; denn aus diesem Buche dürft' er, sollt' ers nur einmal ordentlich begreifen, frappant wissen, wo Barthel Most hole." – Jetzt wollen wie [wir] wieder in seine Kindheit zurück.

Im zehnten Jahre verpuppte er sich in einen Mulattenfarbigen Alumnus und obern Quintaner der Stadt Scheerau. Sein Examinater muß mein Zeuge seyn, daß es keine weisse Schminke ist, die ich meinem Helden anstreiche, wenn ichs zu berichten wage, daß er nur noch ein Blatt bis zur vierten Deklination zurück zu legen hatte und daß er die ganze Geschlechts-Exception thorax caudex pulexque vor der Quinta wie ein Wecker abrollte – bloß die Regel wußt' er nicht. Unter allen Nischen des Alumneums war nur eine so gescheuert und geordnet wie die Prunkküche einer Nürnbergerin; das war seine: denn zufriedene Menschen sind die ordentlichsten. Er kaufte sich aus seinem Beutel für zwei Kreuzer Nägel und beschlug seine Zelle damit, um für alle Effekten besondere Nägel zu haben – er schlichtete seine Schreibbücher so lange bis ihre Rücken so bleirecht auf einander lagen wie eine preussische Fronte und er gieng beim Mondenschein aus dem Bette und visirte so lange |383| um seine Schuhe herum bis sie parallel neben einander standen. – War alles metrisch: so rieb er die Hände, riß die Achseln über die Ohren hinauf, sprang empor, schüttelte sich fast den Kopf herab und lachte ungemein.

Eh' ich von ihm weiter beweise, daß er im Alumneum glücklich war: will ich beweisen, daß das kein Spaß war, sondern eine herkulische Arbeit. Hundert ägyptische Plagen hält man für keine, bloß weil sie uns nur in der Jugend heimsuchen, wo moralische Wunden und komplizirte Frakturen so hurtig zuheilen wie physische – grünendes Holz bricht nicht so leicht wie dürres entzwei. Alle Einrichtungen legen's dar, daß ein Alumneum seiner ältesten Bestimmung nach ein protestantisches *Knaben-Kloster* sein soll; aber dabei sollte man es lassen, man sollte ein solches Präservations-Zuchthaus in kein Lustschloß, ein solches Misanthropin in kein Philanthropin verwandeln wollen. Müssen nicht die glücklichen Inhaftaten einer solchen Fürstenschule die drei Klostergelübde ablegen? Erstlich das des *Gehorsams*, da der Schüler-Guardian und Novizenmeister seinen schwarzen Novizen das Spornrad der häufigsten, |384| widrigsten Befehle und Mortifikationen in die Seite sticht. Zweitens das der *Armuth* und der Enthaltsamkeit, da sie nicht Kruditäten und übrige Brocken sondern Hunger von einem Tage zum andern aufheben und übertragen; und *Karminati* vermöchte ganze Invalidenhäuser mit dem Supernumerär-Magensaft der Konvictorien und Alumneen auszuheilen. Das

Gelübde der *Keuschheit* thut sich nachher von selbst, sobald ein Mensch den ganzen Tag zu laufen und zu fasten hat und keine Bewegungen entbehrt als die peristaltischen. Zu wichtigen Aemtern muß der Staatsbürger erst gehänselt werden. Verdient denn aber bloß der katholische Novize zum Mönch geprügelt, oder ein elender Ladenjunge in Bremen zum Kaufmannsdiener geräuchert, oder ein sittenloser Südamerikaner zum Kaziken durch beides und durch mehrere in meinen Excerpten stehende Qualen appretirt und sublimirt zu werden? Ist ein lutherischer Pfarrer nicht eben so wichtig und sind seiner künftigen Bestimmung nicht eben so gut solche übende Martern nöthig? Zum Glück hat er sie; vielleicht mauerte die Vorwelt die Schulpforten, deren Konklavisten insgesammt wahre Knechte der Knechte sind, bloß seinetwe|385|gen auf: denn andern Fakultäten ist mit dieser Kreuzigung und Radbrechung des Fleisches und Geistes zu wenig gedient. – Daher ist auch das so oft getadelte Chor- Gassen- und Leichensingen der Alumnen ein recht gutes Mittel, protestantische Klosterleute aus ihnen zu ziehen – und selbst ihr schwarzer Ueberzug und die kanonische Mohren-Enveloppe des Mantels ist etwas ähnliches von der Mönchskutte; daher schiessen in Leipzig um die Thomasschüler, weil einmal die Geistlichen die Perücken-Wammen anhängen müssen, wenigstens die Herzblätter eines aufkapfenden Perückchens herum, das wie ein Pultdach oder wie halbe Flügeldecken sich auf dem Kopfe umsieht. In den alten Klöstern war die Gelehrsamkeit Strafe; nur Inkulpaten mußten da lateinische Psalmen auswendig lernen oder

Autores kopiren – in guten armen Schulen wird dieses Strafen nicht vernachlässigt und sparsamer Unterricht wird da stets als ein unschuldiges Mittel angeordnet, den armen Schüler damit zu züchtigen und zu mortificiren....

Bloß dem Schulmeisterlein hatte diese Kreuzschule wenig an; den ganzen Tag freuete er sich auf oder über etwas. „Vor dem Aufstehen, sagt' |386| er, freu' ich mich auf das Frühstück, den ganzen Vormittag aufs Mittagessen, zur Vesperzeit aufs Vesperbrod und Abends aufs Nachtbrod – und so hat der Alumnus Wuz sich stets auf was zu spitzen." Trank er tief: so sagt' er: „das hat meinem Wuz geschmeckt" und strich sich den Magen. Niesete er: so sagte er: „helf dir Gott, Wuz!" – Im fieberfrostigen Novemberwetter letzte er sich auf der Gasse mit der Vormalung des warmen Ofens und mit der närrischen Freude, daß er eine Hand um die andre unter seinem Mantel wie zu Hause steckte. War der Tag gar zu toll und windig – es giebt für uns Wichte solche Hatztage, wo die ganze Erde ein Hatzhaus ist und wo die Plagen wie spaßhaft gehende Wasserkünste uns bei jedem Schritte ansprützen und einfeuchten – so war das Meisterlein so pfiffig, daß es sich unter das Wetter hinsetzte und sich nichts darum schor; es war nicht Resignation, die das *unvermeidliche* Uebel aufnimmt, nicht Apathie, die das *ungefühlte* trägt, nicht Philosophie, die das *verdünnte* verdauet, oder Religion, die das *belohnte* verwindet: sondern der Gedanke ans warme Bett wars. „Abends, dacht' er, lieg' ich auf alle Fälle, |387| sie mögen mich den ganzen Tag zwicken und hetzen wie sie wollen, unter meiner warmen

Zudeck und drücke die Nase ruhig ans Kopfkissen, acht Stunden lang." – Und kroch er endlich in der letzten Stunde eines solchen Passionstages unter sein Oberbett: so schüttelte er sich darin, krempte sich mit den Knien bis an den Nabel zusammen und sagte zu sich: „Siehst du, Wuz, es ist doch vorbei."

Ein andrer Paragraph aus der Wuzischen Kunst stets fröhlich zu seyn, war sein zweiter Pfiff, stets fröhlich aufzuwachen – und um das zu können, bedient' er sich eines dritten und hob immer vom Tage vorher etwas Angenehmes für den Morgen auf, entweder gebackne Klöse oder eben so viel äusserst gefährliche Blätter aus dem Robinson, der ihm lieber war als Homer – oder auch junge Vögel oder junge Pflanzen, an denen er am Morgen nachzusehen hatte wie Nachts Federn und Blätter gewachsen.

Den dritten und vielleicht durchdachtesten Paragraphen seiner Kunst fröhlich zu seyn, arbeitete er erst aus, da er Sekundaner ward:

er wurde verliebt. –

|388| Eine solche Ausarbeitung wäre meine Sache ... Aber da ich hier zum erstenmale in meinem Leben mich mit meiner Reiskohle an das Blumenstück gemalter Liebe mache: so muß auf der Stelle abgebrochen werden, damit fortgerissen werde Morgen um 6 Uhr mit weniger niedergebranntem Feuer. –

Wenn Venedig, Rom und Wien und die ganze Luststädte-Bank sich zusammenthäten und mich mit einem solchen Karnaval beschenken wollten, das dem beikäme, welches mitten in der schwarzen Kantors-Stube war, wo wir Kinder von 8 Uhr bis 11 forttanzten (so lange währte unsre Faschingszeit, in der wir den Appetit zur Fastnachts-Hirse versprangen): so machten sich jene Residenzstädte zwar an etwas Unmögliches und Lächerliches – aber doch an nichts so Unmögliches, als wenn sie dem Alumnus Wuz den Fastnachtsmorgen mit seinen Karnevalslustbarkeiten wiedergeben wollten, da er als unterer Sekundaner auf Besuch, in der Tanz- und Schulstube seines Vaters am Morgen gegen 10 Uhr ordentlich verliebt wurde. Eine solche Faschingslustbarkeit – trautes Schulmeisterlein, wo denkst du hin? – Aber er dachte an nichts hin als zur Justina, die ich selten oder niemals wie die Auenthaler Ju|389|stel nennen werde. Da der Alumnus unter dem Tanzen (wenige Gymnasiasten hätten mitgetanzt, aber Wuz war nie stolz und immer eitel) den Augenblick weghatte, was – ihn nicht einmal eingerechnet – an der Justel wäre, daß sie ein hübsches gelenkiges Ding und schon im Briefschreiben und in der Regel Detri in Brüchen und die Pathin der Frau Seniorin und in einem Alter von 15 Jahren und nur als eine Gast-Tänzerin mit in der Stube wäre: so that der Gast-Tänzer seines Orts was in solchen Fällen zu thun ist, er wurde wie gesagt verliebt – schon beim ersten Schleifer flogs wie Fieberhitze an ihn – unter dem Rangiren zum zweiten, wo er stillstehend die Inlage seiner rechten Hand bedachte und befühlte, stiegs unverhältnißmäßig – er tanzte sich augenscheinlich in die Liebe und in ihre Garne hinein – als sie noch dazu die rothen Haubenbänder auseinanderfallen und sie ungemein nachläßig um den nackten Hals zurückflattern ließ: so vernahm er die Basgeige nicht mehr – und als sie endlich gar mit einem rothen Schnupftuch sich Kühlung vorwedelte und es hinter und vor ihm fliegen ließ: so war ihm nimmer zu helfen, und hätten die vier großen und die 12 |390| kleinen Propheten zum Fenster hineingepredigt. Denn einem Schnupftuch in einer weiblichen Hand erlag er stets auf der Stelle ohne weitere Gegenwehr wie der Löwe dem gedrehten Wagenrade und der Elephant der Maus. Dorfkoketten machen sich aus dem Schnupftuch die nämliche Feldschlange und Kriegsmaschine, die sich die Stadtkoketten aus dem Fächer machen; aber die Wellen eines Tuchs sind gefälliger als das knackende Truthahns Radschlagen der bunten Streitkolbe des Fächers.

Auf alle Fälle kann unser Wuz sich damit entschuldigen, daß seines Wissens die Oerter öffentlicher Freude das Herz für alle Empfindungen, die viel Platz bedürfen, für Aufopferung, für Muth und auch für Liebe weiter machen; – freilich in den engen Amts- und Arbeitsstuben, auf Rathhäusern, in geheimen Kabinerten [Kabinetten] liegen unsre Herzen wie auf eben so vielen *Welkboden, Darrofen* und runzeln ein.

Wuz trug seinen mit dem Gas der Liebe aufgefüllten und emporgetriebnen Herzballon freudig ins Alumneum zurück, ohne jemand eine Sylbe zu melden, am wenigsten der Schnupftuch-Fahnenjunkerin – nicht aus Scheu sondern weil er nie mehr begehrte als die Gegenwart, er war nur froh, daß er selbst verliebt war und dachte an weiter nichts …

|391| Warum ließ der Himmel gerade in die Jugend das Lustrum der Liebe fallen? Vielleicht weil man gerade da in Alumneen, Schreibstuben und andern Gift-

hütten keucht: da steigt die Liebe wie aufblühendes Gesträuch an den Fenstern jener Marterkammern empor und zeigt in schwankenden Schatten den großen Frühling von aussen. Denn Er und ich, mein H. Präfektus und auch Sie, verdiente Schuldiener des Alumneums, wir wollen mit einander wetten, Sie sollen über den vergnügten Wuz ein Härenhemd ziehen (im Grund hat er eines an) – Sie sollen ihn Ixions Rad und Sysiphus Stein der Weisen und den Laufwagen Ihres Kindes bewegen lassen – Sie sollen ihn halb todt hungern oder prügeln lassen – Sie sollen einer so elenden Wette wegen (welches ich Ihnen nicht zugetrauet hätte) gegen ihn ganz des Teufels seyn: Wuz bleibt doch Wuz und prakticirt sich immer sein Bischen verliebter Freude ins Herz, vollends in den Hundstagen! –

Seine Kanikularferien sind aber vielleicht nirgends deutlicher beschrieben als in seinen „*Werthers Freuden*," die seine Biographen fast nur abzuschreiben brauchen. – Er gieng da Sonntags |392| nach der Abendkirche heim nach Auenthal und hatte mit den Leuten in allen Gassen Mitleiden, daß sie da bleiben mußten. Draussen dehnte sich seine Brust mit dem aufgebaueten Himmel vor ihm aus und halbtrunken im Konzertsaal aller Vögel horcht er wollüstig bald auf die gefiederten Sopranisten bald auf seine Phantasien. Um nur seine über die Ufer schlagende Lebenskräfte abzuleiten, gallopirte er oft eine halbe Viertelstunde lang. Da er immer kurz vor und nach Sonnen-Untergang ein gewisses wollüstiges trunknes Sehnen empfunden hatte – die Nacht aber macht wie ein längerer Tod den Menschen erhaben und nimmt ihn die Erde: – so zauderte er mit seiner Landung in Auenthal so lang bis die zerfliessend Sonne durch die letzten Kornfelder vor dem Dorfe mit Goldfäden die sie gerade über die Aehren zog, sein blaues Röckchen stickte und bis sein Schatten an den Berg über den Fluß wie ein Riese wandelte. Dann schwankte er, unter dem wie aus der Vergangenheit herüberklingenden Abendläuten ins Dorf hinein und war allen Menschen gut, selbst dem Präfektus. Gieng er denn um seines Vaters Haus und sah am obern Kapfenster den Widerschein des Monds |393| und durch ein Parterre-Fenster seine Justina, die da alle Sonntage einen ordentlichen Brief setzen lernte .... o wenn er dann in dieser paradiesischen Viertelstunde seines Lebens auf funfzig Schritte die Stube und die Briefe und das Dorf von sich hätte wegsprengen und um sich und um die Briefstellerin bloß ein einsames dämmerndes Tempe-Thal hätte ziehen können – wenn er in diesem Thale mit seiner trunknen Seele, die unter Weges um alle Wesen ihre Arme schlug, auch an das schönste Wesen hätte fallen dürfen und er und sie und Himmel und Erde zurückgesunken und zerflossen wären vor einem flammenden Augenblicke und Fokus menschlicher Entzückung....

Indessen that ers wenigstens Nachts um eilf Uhr; und vorher giengs auch nicht schlecht. Er erzählte dem Vater, aber im Grunde Justinen seinen Studienplan und seinen politischen Einfluß; er setzte sich dem Tadel, womit sein Vater ihre Briefe korrigirte, mit demjenigen Gewicht entgegen, das ein solcher Kunstrichter hat und er war, da er gerade warm aus der Stadt kam, mehr als einmal mit Witz bei der Hand – kurz unter dem Einschlafen hörte er in seiner tanzenden taumelnden Phantasie nichts als Sphären-Musik.

|394| – Freilich du, mein Wuz, kannst Werthers Freuden aufsetzen, da allemal deine äussere und deine innere Welt sich wie zwei Muschelschaalen an einander löthen und dich als ihr Schaalthier einfassen; aber bei uns armen Schelmen, die wir hier am Ofen sitzen, ist die Aussenwelt selten der Ripinist unsrer innern fröhlichen Stimmung – höchstens dann wenn an uns der ganze Stimmstock umgefallen und wir knarren und brummen oder in einer andern Metapher wenn wir eine verstopfte Nase haben: so setzt sich ein ganzes mit Blumen überwölbtes Eden vor uns hin und wir mögen nicht hineinriechen.

Mit jedem Besuche machte das Schulmeisterlein seiner Johanna- Therese- Charlotte- Mariana- Klarissa- Heloise- Justel auch ein Geschenk mit einem Pfefferkuchen und einem Potentaten; ich will über beide ganz befriedigend seyn.

Die Potentaten hatt' er in seinem eignen Verlage; aber wenn die Reichshofraths-Kanzlei ihre Fürsten und Grafen aus ein wenig Dinte, Pergament und Wachs macht: so verfertigte er seine Potentaten viel kostbarer, aus Ruß, Fett und hundert Farben. Im Alumneum wurde nämlich |395| mit den Rahmen einer Menge Potentaten eingeheizet, die er sämmtlich mit gedachten Materialien so zu kopieren und zu repräsentieren wuste als wär' er ihr Gesandter. Er überschmierte ein Quartblatt mit einem Endgen Licht und nachher mit Ofenruß – dieses legte er mit der schwarzen Seite auf ein andres mit weißen Seiten – oben auf beide Blätter that er irgend ein fürstliches Portrait – dann nahm er eine abgebrochne Gabel und fuhr mit ihrer drückenden Spitze auf dem Gesichte und Leibe des regierenden Herrn herum –– dieser Druck verdoppelte den Potentaten, der sich vom schwarzen Blatt aufs weiße überfärbte. So nahm er von allem was unter einer europäischen Krone saß, recht kluge Kopien; allein ich habe niemals verhehlet, daß seine Okulier-Gabel die russische Kaiserin (die vorige) und eine Menge Kronprinzen dermaßen aufkratzte und durchschnitt, daß sie zu Nichts mehr zu brauchen waren als dazu den Weg ihrer Rahmen zu gehen. Gleichwol war das rußige Quartblatt nur die Bruttafel und Aez-Wiege glorwürdiger Regenten, oder auch der Streich, oder *Leichteich* derselben – ihr *Streckteich* aber, oder die Appreturmaschiene der Po|396|tentaten war sein Farbkästgen, damit illuminierte er ganze regierende Linien und alle Muscheln kleideten einen einzigen Großfürsten an und die Kronprinzessinnen zogen aus der nämlichen Farbemuschel Wangenröthe, Schaamröthe und Schminke. –– Mit diesen regierenden Schönen beschenkte er die die ihn regierte und die nicht wuste was sie mit dem historischen Bildersaale machen sollte.

Aber mit dem Pfefferkuchen wuste sie es in dem Grade, daß sie ihn aß. Ich halt' es für schwer einer Geliebten einen Pfefferkuchen zu schenken, weil man ihn oft kurz vor der Schenkung selber verzehrt. Hatte nicht Wuz die drei Kreuzer für den ersten schon bezahlt? Hatt' er nicht das braune Rektangulum schon in der Tasche? war er nicht damit schon bis auf eine Stunde vor Auenthal und vor dem Adjudikationstermin gereiset? ja wurde die süße *Votiv-Tafel* nicht alle Viertelstunde aus der Tasche gehoben, um zu sehen, ob sie noch viereckig wäre? das war eben das Unglück: denn bei diesem Beweiß durch Augenschein, den er führte, brach er immer wenige und unbedeutende Mandeln aus dem Kuchen – dieses that er öfters – darauf machte er sich (statt an die Quadratur |397| des Zirkels) an das Problem, den quadrierten Zirkel wieder rein herzustellen und bis [biß] sauber die vier rechten Winkel ab und machte ein Acht-Eck, ein Sechzehn-Eck, denn ein Zirkel ist ein unendliches Viel-Eck – darauf war nach diesen mathematischen Elaborationen das Viel-Eck vor keinem Mädgen mehr zu produzieren – darauf that Wuz einen Sprung und sagte: „ach! ich fress' ihn selber" und heraus war der Seufzer und hinein die geometrische Figur. – Es werden wenige schottische Meister, akademische Senate und Magistranden leben, denen nicht ein wahrer Gefallen geschähe wenn man ihnen zu hören gäbe durch welchen Maschienengott sich Wuz aus der Sache zog –– durch einen zweiten Pfefferkuchen that ers, den er allemal als einen Wand- und Taschen-Nachbar des ersten mit einsteckte. Indem er den einen aß, landete der andre ohne Läsionen an, weil er allzeit eine Doublette kaufte damit sie als Brandmauer und Kronwache den andern beschützte. Das aber sah er in der Folge selber ein, daß er – um nicht einen Torso oder Atom nach Auenthal zu transportieren – die Krontruppen oder Pfefferkuchen von Woche zu Woche vermehren müsse.

|398| Er wäre Primaner geworden, wäre nicht sein Vater aus unserem Planeten in einen andern oder in

einen Trabanten gerückt. Daher dacht' er die Melioration seines Vaters nachzumachen und wollte von der Sekundanerbank auf den Lehrstuhl rutschen. Der Kirchenpatron, H. von Ebern drängte sich zwischen beide Gerüste und hielt seinen ausgedienten Koch an der Hand, um ihn in ein Amt einzusetzen, dem er gewachsen war, weil es in diesem eben so gut wie in seinem vorigen, Spanferkel*) todt zu peitschen und zu appretieren aber nicht zu essen gab. Ich hab es schon in der Revision des Schulwesens in einer Note erinnert und H. Gedikens Beifall davon getragen, daß in jedem Bauerjungen ein unausgewachsener Schulmeister stecke, der von einem Paar Kirchenjahren groß zu paraphrasieren sei – daß nicht bloß das alte Rom Welt-Konsuls, sondern auch heutige Dörfer Schul-Konsuls vom Pfluge und aus der Furche ziehen könnten – daß man eben so gut von Leuten seines Standes hier *unterrichtet* als in |399| England *gerichtet* werden könne und daß gerade der, dem jeder das meiste Scibile verdanke, ihm am ähnlichsten sei, nämlich jeder selbst – daß wenn eine ganze Stadt (Norcia an den appenninischen Gebirg,) nur von vier ungelehrten Magistratsgliedern (li quatri illiterati) sich beherrschen lassen will, doch eine Dorfjugend von einem einzigen ungelehrten Mann werde zu regieren und zu prügeln seyn – und daß man nur bedenken möchte was ich oben im Texte sagte. Da hier die Note selber der Text ist; so will ich nur sagen,

*) Die bekanntlich besser schmecken wenn man sie mit Ruthenstreichen tödtet.

daß ich sagte, eine Dorfschule sey hinlänglich besetzt. Es ist da 1) der Gymnasiarch oder Pastor, der von Winter zu Winter den Priesterrock umhängt und das Pädagogium besucht und erschreckt – 2) steht in der Stube das Rektorat, Konrektorat und Subrektorat, das der Schulhalter allein ausmacht – 3) als Lehrer der untern Klassen sind darin angestellt die Schulmeisterin, der oder keinem Menschen die Kallypädie der Töchterschule anvert[r]auet werden kann, ihr Sohn als Terzius und Lümmel zugleich, dem seine Eleven allerhand legieren und spendieren müssen, damit er sie nicht aufsagen lässet, und der wenn der Regent nicht zu Hause ist, |400| oft das Reichsvikariat des ganzen protestantischen Schulkreises auf den Achseln hat – 4) endlich ein ganzes Raupennest Kollaboratores, nämlich Schuljungen selber, weil da wie im hallischen Waisenhause die Schüler der obern Klasse schon zu Lehrern der untern groß gewachsen sind. – Da man bisher aus so vielen Studierstuben heraus nach Realschulen schrie: so hörtens *Gemeinden* und *Schulhalter* und thaten das Ihrige gern. Die *Gemeinden* lasen für ihre Lehrstühle lauter solche pädagogische Steiße aus, die schon auf Schneiders- Schusters-Schemeln seßhaft waren und von denen also etwas zu erwarten war – und allerdings setzen solche Männer, indem sie vor dem aufmerksamen Institute Röcke, Fischreusen und alles machen, die Nominalschule leicht in eine Realschule um, wo man Fabrikate kennen lernt. Der *Schulmeister* treibts noch weiter und sinnt Tag und Nacht auf Real-Schulhalten; es giebt wenige Arbeiten eines erwachsenen Hausvaters oder seines Gesindes, in denen er seine Dorf-Stoa nicht beschäftigt und übt und den ganzen Morgen sieht man das expedierende Seminarium hinaus und hinein jagen, Holz spalten und Wasser tra|401|gen u. s. w. so daß er außer der Realschule fast gar keine andre hält und sich sein bisgen Brod sauer im Schweiße seines – Lyzeums verdient... Man braucht mir nicht zu sagen, daß es auch schlechte und versäumte Landschulen gebe; genug wenn nur die größere Zahl alle die Vorzüge wirklich aufweiset, die ich ihr jezt zugeschrieben.

Ich mag meine Fixstern-Aberration mit keinem Wort entschuldigen, das eine neue wäre. Herr v. Ebern hätte seinen Koch zum Schulmeister investieret, wenn ein geschickter Nachfahrer des Kochs wäre zu haben gewesen? er wars aber nicht: und da der Gutsherr dachte, es wäre vielleicht gar eine Neuerung, wenn er die Küche und die Schule durch Ein Subjekt versehen ließe – es war aber vielmehr die Trennung und Verdoplung der Schul- und Herrendiener eine viel größere und ältere: denn im neunten Säkulum muste so gar der Pfarrer der Patronatskirche zugleich dem Kirchenschifs-Patron als Bedienter aufwarten und satteln etc. *) und beide Aemter wurden erst nachher wie mehrere von einander abgerissen – so behielt |402| er den Koch und vozierte den Alumnus, der bisher so gescheut gewesen, daß er verliebt geblieben.

Ich steuere mich ganz auf die rühmliche Testimonien, die ich in Händen habe und die Wuz vom

*) Langens geistliches Recht S. 534.

Superintendenten auswirkte, weil sein Examen vielleicht eines der rigorösesten und glücklichsten war die ich [in] neueren Zeiten noch gehöret. Muste nicht Wuz das griechische Vater unser vorbeten, indeß das Examinations-Kollegium seine sammtnen Hosen mit einer Glaßbürste auskämmte? – und hernach das lateinische Symbolum Athanasii? konnt' er nicht die Bücher der Biebel richtig und Mann für Mann vorzählen, ohne über die gemalten Blumen und Tassen auf dem Kaffeebrette seines Examinators zu stolpern? must' er nicht einen Betteljungen, der bloß auf einen Pfennig aufsah, herumkatechesieren, ob gleich der Junge gar nicht wie sein Unter-Examinator bestand sondern wie ein wahres Stückgen Vieh? must' er nicht seine Fingerspitzen in fünf Töpfe warmes Wasser tunken und *den* Topf aussuchen, dessen Wasser warm und kalt genug für den Kopf eines Täuflings war? und must' er nicht zuletzt drei Gulden und 36 Kreuzer erlegen?

|403| Am 13ten May gieng er als Alumnus aus dem Alumneum heraus und als öffentlicher Lehrer in sein Haus hinein und aus der zersprengten schwarzen Alumnus-Puppe brach ein bunter Schmetterling von Kantor ins Freie hinaus.

Am 9ten Julius stand er vor dem Auenthaler Altar und wurde kopuliert mit der Justel.

Aber der elisäische Zwischenraum zwischen dem 13ten Mai und dem 9ten Julius! – für keinen Sterblichen fällt ein solches goldnes Alter von 8 Wochen wieder vom Himmel, bloß für das Meisterlein funkelte der ganze niedergethauete Himmel auf *gestirnten* Auen der Erde – du wiegtest im Aether dich und sahest durch die *transparente* Erde dich rund mit Himmel und Sonnen umzogen und hattest keine Schwere mehr; aber uns Alumnen der Natur fallen nie acht solche Wochen zu, nicht eine, kaum Ein ganzer Tag, wo der Himmel *über* und *in* uns sein reines Blau mit nichts kolorirt als mit Abend- und Morgenroth – wo wir über das Leben wegfliegen und alles uns hebt wie ein freudiger Traum – wo der unbändige stürzende Strom der Dinge uns nicht auf seinen Katarakten und Strudeln zerstößet und schüttelt und |404| rädert, sondern auf blinkenden Wellen uns wiegt und unter hineingebognen Blumen vorüberträgt – ein Tag, zu dem wir den Bruder vergeblich unter den verlebten suchen und von dem wir am Ende jedes andern klagen, seit ihm war keiner wieder so.

Es wird uns allen wolthun, wenn ich diese acht Wonne-Wochen oder zwei Wonne-Monate weitläuftig beschreibe. Sie bestanden aus lauter ähnlichen Tagen. Keine einzige Wolke zog hinter den Häusern herauf. Die ganze Nacht stand die rückende Abendröthe unten am Himmel, an welchem die untergehende Sonne allemal wie eine Rose glühend abgeblühet hatte. Um 1 Uhr schlugen schon die Lerchen und die Natur spielte und phantasierte die ganze Nacht auf der Nachtigallen-Harmonika. In seine Träume tönten die äußern Melodien hinein und in ihnen flog er über Blüthen-Bäume, denen die wahren vor seinem ofnen Fenster ihren Blumen-Athem liehen. Der *tagende* Traum rückte ihn sanft wie die lispelnde Mutter das Kind, aus dem Schlaf ins Erwachen über und er trat mit säugender Brust in den Lärm der Natur hinaus, wo die Sonne die Erde von neuem |405| erschuf und wo beide sich zu einem brausenden Wollust-Ozean in einander ergossen. Aus dieser Morgen-Fluth des Lebens und Freuens kehrte er in sein schwarzes Stübgen zurück und suchte die Kräfte in kleinern Freuden wieder. Er war da über alles froh, über jedes beschienene und unbeschienene Fenster, über die ausgefegte Stube, über das Frühstück, das mit seinen Amts-Revenüen bestritten wurde, über 7 Uhr weil er nicht in die Sekunda muste, über seine Mutter die alle Morgen froh war daß er Schulmeister war und sie nicht aus dem vertrauten Hause muste.

Unter dem Kaffee schnitt er sich außer den Semmeln die Federn zur Messiade, die er damals die drei letzten Gesänge ausgenommen, gar aussang. Seine grösste Sorgfalt verwandte er darauf, daß er die epischen Federn falsch schnitt entweder wie Pfähle oder ohne Spalt oder mit einem zweiten Extraspalt, der hinaus niesete: denn da alles in Hexametern und zwar in solchen, die nicht zu verstehen waren, verfasset seyn sollte: so mußte der Dichter, da ers durch keine Bemühung zur geringsten Unverständlichkeit bringen konnte – er fassete allemal den Augenblick jede Zeile und jeden pes – |406| aus Noth zum Einfall greifen, daß er die Hexameter ganz *unleserlich* schrieb was auch gut war. Durch diese poetische Freiheit bog er dem Verstehen ungezwungen vor.

Um eilf Uhr deckte er für seine Vögel, und dann für sich und seine Mutter, den Tisch mit vier Schubladen, in dem mehr war als *auf* ihm. Er schnitt das Brod, und seiner Mutter die weiße Rinde vor, ob er gleich die schwarze nicht gern aß. O meine Freunde, warum kann man denn im hotel de Baviére [Bavière] und auf dem Römer nicht so vergnügt speisen als am Wuzischen Ladentisch? – Sogleich nach dem Essen machte er nicht Hexameter, sondern Kochlöffel und meine Schwester hat selber ein Dutzend von ihm. Während seine Mutter das wusch was er schnitzte: ließen beide ihre Seelen nicht ohne Kost; sie erzählte ihm die Personalien von sich und seinem Vater vor, von deren Kenntniß ihn seine akademische Laufbahn zu entfernt gehalten – und er schlug den Operationsplan und Bauriß seiner künftigen Haushaltung bescheiden vor ihr auf, weil er sich an dem Gedanken ein Hausvater zu seyn, gar nicht satt käuen konnte. „Ich richte mir – sagte er – mein Haus|407|halten ganz vernünftig ein – ich stell' mir ein Saugschweingen ein auf die heiligen Feiertage, es fallen so viel Kartoffeln- und Rüben-Schaalen ab, daß man's mit Fett [fett] bringt, man weiß kaum wie – und auf den Winter muß mir der Schwiegervater ein Füderchen Büschel (Reisholz) einfahren und die Stubenthür muß total gefüttert und gepolstert werden – denn, Mutter! unsereins hat seine pädagogischen Arbeiten im Winter und es hält da keine Kälte aus.“ – Am 29sten Mai war noch dazu nach diesen Gesprächen eine Kindtaufe – es war seine erste – sie war seine erste Revenüe und ein großes Sportularium hatte er sich schon auf dem Alumneum dazu geheftet – er besah und zählte die Paar Groschen zwanzig mal als wären sie andere – am Taufstein stand er in ganzer Parüre und die Zuschauer standen auf der Empor und in der herrschaftlichen Loge im Alltags-Schmutz – „es ist mein saurer Schweiß“ sagt' er eine halbe Stunde nach dem Aktus und trank vom Gelde zur ungewöhnlichen Stunde ein Nößel Bier. – Ich erwarte von seinem künftigen Biographen ein Paar pragmatische Fingerzeige, warum Wuz blos ein Einnahme- und kein Ausgabe-Buch sich nähte und |408| warum er in jenem oben Thaler, Groschen, Pfennige setzte, ob er gleich nie die erstere Münzsorte unter seinen Schul-Gefällen hatte.

Nach dem Aktus und nach der Verdauung ließ er sich den Tisch hinaus unter den Weichselbaum tragen und setzte sich nieder und bossierte noch einige unleserliche Hexameter in seiner Messiade. Sogar während er seinen Schinkenknochen als sein Souper abnagte und abfeilte, befeilt' er noch einen und den andern epischen Fuß und ich weiß recht gut, daß des Fettes wegen mancher Gesang ein wenig geölet aussiehet. Sobald er dem [den] Sonnenschein nicht mehr auf der Straße sondern an den Häusern liegen sah! so gab er der Mutter die nöthigen Gelder zum Haushalten und lief ins Freie, um sich es ruhig auszumalen, wie ers künftig haben würde im Herbst, im Winter, an den drei heil. Festen, unter den Schulkindern und unter seinen eignen. –

Und doch sind das bloß Wochentage; der Sonntag aber brennt in einer Glorie, die kaum auf ein Altarblatt geht. – Ueberhaupt steht in keinen Seelen dieses Jahrhunderts ein so großer Begrif von einem Sonntage, als in denen, die die mei|409|sten Schulmeister haben: mich wunderts gar nicht, wenn sie an einem solchen Courtage nicht vermögen, bescheiden zu verbleiben. Selbst unser Wuz konnte sichs nicht verstecken! was es sagen will, unter tausend Menschen allein zu orgeln – ein wahres Erb-Amt zu versehen und den geistlichen Krönungsmantel dem Senior über zu henken und seyn Valet de fantaisie und Kammermohr zu seyn – über ein ganzes von der Sonne illuminiertes Chor Territorialherrschaft zu exerzieren, als amtierender Chor-Maire auf seinem Orgel-Fürstenstuhl die Poesie einer Parochie noch besser zu beherrschen als der Pfarrer die Prose derselben kommandiert – und nach der Predigt über das Geländer hinab völlige fürstl. Befehle sans façon mit lauter Stimme weniger zu geben als abzulesen. .... Wahrhaftig, man sollte denken, hier oder nirgends thät' es Noth, daß ich meinem Wuz zuriefe; „bedenke, was du vor wenig Monaten warest! Ueberleg', daß nicht alle Menschen Kantores werden können und mach' dir die vortheilhafte Ungleichheit der Stände zu Nutze, ohne sie zu mißbrauchen und ohne darum mich und meine Zuhörer am Ofen zu verachten.“ –– Aber nein! auf meine Ehre, das gutartige Meisterlein denkt ohnehin nicht daran: die |410| Bauern hätten nur so gescheut seyn sollen, daß sie dir schnackischem, lächelndem, trippelnden, Händereibendem Dinge ins gallenlose überzuckerte Herz hineingesehen hätten; was hätten sie da ertapt? Freude in deinen zwei Herzens-Kammern, Freude in deinen zwei Herzens-Ohren. Du numeriertest bloß, gutes Ding! das ich je länger je lieber gewinne, deine künftigen Schulbuben und Schulmädgen in den Kirchstühlen zusammen und setztest sie sämmtlich in deine Schulstube und um deine winzige Nase herum und nahmest dir vor, mit der letzten täglich Vormittags und Nachmittags einmal zu niesen und vorher zu schnupfen, bloß damit dein ganzes Institut wie besessen aufführe und zuriefe: Helf Gott, Herr Kantner! die Bauern hätten ferner in deinem Herzen die Freude angetroffen, die du hattest, ein Setzer von Folioziffern zu seyn die so lang sind wie die am Zifferblatt der Thurmuhr, in dem du jeden Sonntag an der schwarzen Liedertafel in öffentlichen Druck gabst, auf welcher Pagina das nächste Lied zu suchen sei – wir Autores treten mit schlechterem Zeuge im Drucke auf; – ferner die Freude, deinem Schwiegervater und deiner Braut im Singen vorzureiten; und endlich deine Hofnung, den Bodensatz |411| des Kommunionweins einsam auszusaufen, der fatal schmeckte. Ein höheres Wesen muß dir so herzlich gut gewesen seyn wie das referierende, da es gerade in deinen achtwöchentlichen Eden-Lustrum deinen gnädigen Kirchenpatron kommunizieren hieß: denn der hatte doch so viel Einsicht, daß er an die Stelle des Kommunionweins, der Christi *Trank* am Kreuz nicht unglücklich nach bildete, Christi *Thränen* aus seinem Keller setzte; aber welche Himmel dann nach dem Trank des Bodensatzes in alle deine Glieder zogen.... Warlich jedesmal will ich wieder in Exk[l]amationen verfallen – aber warum macht mir und vielleicht Euch dieses schulmeisterlich vergnügte Herz so viel Freude? – ach es muß daran liegen, daß wir selber sie nie so voll bekommen, weil der Gedanke der Erden-Eitelkeit auf uns liegt und unsern Athem drückt und weil wir die schwarze-Gottesacker-Erde unter den Rasen- und Blumenstücken schon gesehen haben, auf denen das Meisterlein sein Leben verhüpft! –

Der gedachte Kommunionwein moussirte noch Abends in seinen Adern; und diese letzte Tagszeit seines Sabbaths hab' ich noch abzuschildern. Bloß am Sonntag durft' er mit seiner Justine spatzieren |412| gehen; vorher nahm er das Abendessen beim Schwiegervater ein, aber mit schlechtem Nutzen: schon unter dem Tischgebet wurde sein Hundshunger matt und unter den Allotriis darauf gar unsichtbar. Wenn ichs lesen könnte: so könnt' ich das ganze Konterfei dieses Abends aus seiner Messiade haben, in die er ihn ganz wie er war, im sechsten Gesang hineingeflochten, wie alle große Skribenten ihren Lebenslauf, ihre Weiber, Kinder, Aecker, Vieh in ihre opera omnia stricken. Er dachte, in der gedruckten Messiade stände der Abend auch. In seiner wird es episch ausgeführet seyn, daß die Bauern auf den Rainen wateten und den Schuß der Halme maßen und ihn über das Wasser herüber als ihren neuen wohlverordneten Kantor grüßten – daß die Kinder auf Blättern schalmeiten und in Batzen-Flöten stiessen und daß alle Büsche und Blumen- und Blütenkelche vollstimmig besetzte Orchester waren, aus denen allen etwas heraussang oder sumsete oder schnurrte – und daß alles zuletzt so feierlich wurde als hätte die Erde selber einen Sonntag, indem die Höhen und Wälder um diesen Zauberkreis rauchten und indem die Sonne gen Mitternacht durch einen illuminirten Triumphbogen hinunter, und der Mond gen Mittag |413| durch einen blassen Triumphbogen heraufzog. O du Vater des Lichts! mit wieviel Farben und Stralen und Leuchtkugeln fassest du deine bleiche Erde ein! – Die Sonne kroch jetzt ein zu einem einzigen rothen Strale, der mit dem Wiederschein der Abendröthe auf dem Gesichte seiner Braut zusammen kam; und diese, nur mit stummen Gefühlen bekannt, sagte, daß sie in ihrer Kindheit sich oft gesehnet hätte, auf den rothen Bergen der Abendröthe zu stehen und von ihnen mit der Sonne in die schönen rothgemalten Länder hinunter zu steigen, die hinter der Abendröthe lägen. Unter dem Gebetläuten seiner Mutter legt' er seinen Hut auf die Knie und sah ohne die Hände zu falten, an die rothe Stelle am Himmel, wo die Sonne zuletzt gestanden, und hinunter in den ziehenden Strom, der tiefe Schatten trug; und es war ihm als läutete die Abendglocke die Welt und noch einmal seinen Vater zur Ruhe – zum ersten- und letztenmale in seinem Leben stieg sein Herz über die irdische Szene hinaus – und es rief, schien ihm, etwas aus den Abendtönen herunter, er wird jetzt vor Vergnügen sterben.... Heftig und verzückt umschlang er seine Braut und sagte: „wie lieb |414| hab' ich dich, wie ewig lieb." Vom Flusse klang es herab wie Flötengetön und Menschengesang und zog näher: ausser sich drückt' er sich an sie an und wollte vereinigt vergehen und glaubte, die Himmelstöne hauchten ihre beiden Seelen aus der Erde weg und dufteten sie wie Thaufunken auf den Auen Edens nieder. Es sang:

O wie schön ist Gottes Erde
Und werth darauf vergnügt zu seyn!
D'rum will ich bis ich Asche werde
Mich dieser schönen Erde freu'n.

Es war aus der Stadt eine Gondel mit einigen Flöten und singenden Jünglingen. Er und sie giengen am Ufer mit der ziehenden Gondel und hielten ihre Hände gefaßt und Justine suchte leise nachzusingen und der Himmel und die Entzückung giengen neben ihnen. Als die Gondel um eine Erdzunge voll Bäume herumschifte: hielt Justine ihn sanft an, damit sie nicht nachkämen und da das Fahrzeug darhinter verschwunden war, fiel sie ihm mit dem ersten erröthenden Kusse um den Hals.... O unvergeßlicher erster Junius! schreibt er. – Sie begleiteten und belauschten von weitem die schiffenden Töne; und Träume spielten um beide bis sie |415| sagte: es ist spät und die Abendröthe hat sich schon weit herumgezogen und es ist alles im Dorfe still. Sie giengen nach Hause; er öfnete die Fenster seiner mondhellen Stube und schlich mit einem leisen Gutenacht bei seiner Mutter vorüber, die schon schlief. –

Jeden Morgen schien ihn der Gedanke wie Tageslicht an, daß er dem Hochzeittage, dem 8ten Jun. [Julius], sich um eine Nacht näher geschlafen; und am Tage lief die Freude mit ihm herum, daß er durch die paradiesischen Tage, die sich zwischen ihn und sein Hochzeitbett gestellet, noch nicht durchwäre. So hielt er wie der metaphysische Esel den Kopf zwischen beiden Heubündeln, zwischen der Gegenwart und Zukunft; aber er war kein Esel oder Scholastiker sondern grasete und rupfte an beiden Bündeln auf einmal.... Wahrhaftig die Menschen sollten niemals Esel seyn, weder indifferentistische noch hölzerne noch bileamische und ich habe meine Gründe dazu.... Ich breche hier ab, weil ich noch überlegen will, ob ich seinen Hochzeittag abzeichne oder nicht. Data hab' ich übrigens dazu ganze Stöße. --

|416| Aber wahrhaftig ich bin weder seinem Ehrentage beigewohnet noch einem eignen; ich will ihn also bestens beschreiben und mir – ich hätte sonst gar nichts – eine Lustparthie zusammen machen.

Ich weiß überhaupt keinen schicklichern Ort oder Bogen als diesen dazu, daß die Leser bedenken, was ich ausstehe: die magischen Schweizergegenden, in denen ich mich lagere – die Apollo's und Venusgestalten, denen sich mein Auge ansaugt – das erhabne Vaterland, für das ich das Leben hingebe, das es vorher geadelt hat – das Brautbett, in das ich einsteige, alles das ist von fremden oder eignen Fingern bloß – gemalt mit Dinte oder Druckerschwärze; und wenn nur du, du Himmlische, der ich treu bleibe, die mir treu bleibt, mit der ich in arkadischen Julius-Nächten spatzieren gehe, mit der ich vor der untergehenden Sonne und vor dem aufsteigenden Monde stehe und um deren willen ich alle deine Schwestern liebe, wenn nur du – wärest; aber du bist ein *Altarblatt* und ich finde dich nicht.

Dem Nil, dem Herkules und andern Göttern brachte man zwar auch wie mir nur nachbossirte Mädchen dar; aber vorher bekamen sie doch reelle.

|417| Wir müssen schon am Sonnabend ins Schul- und Hochzeithaus gucken, um die Prämissen dieses Rüsttags zum Hochzeittag ein wenig vorher wegzuhaben: am Sonntag haben wir keine Zeit dazu; so gieng auch die Schöpfung der Welt (nach den ältern Theologen) darum in 6 Tagwerken und nicht in Einer

Minute vor, damit die Engel das Naturbuch, wenn es allmählig aufgeblättert würde, leichter zu übersehen hätten. Am Sonnabend rennt der Bräutigam auffallend in zwei corporibus piis aus und ein, im Pfarr- und Schulhaus, um vier Sessel aus jenem in dieses zu schaffen. Er borgte diese Gestelle dem Senior ab, um den Kommodator selbst darauf zu weisen als seinen Hierarchen, und die Seniorin als Fr. Pathin der Braut, und den Subpräfektus aus dem Alumneum und die Braut selbst. Ich weiß so gut als andre, in wie weit dieser miethende Luxus des Bräutigams nicht in Schutz zu nehmen ist: allerdings papillotirten die gigantischen Miethstühle (Menschen und Sessel schrumpfen jetzt ein) ihre falschen Rindshaar-Touren an Lehne und Sitz, mit blauem Tuch, Milchstraßen von gelben Nägeln sprangen auf gelben Schnüren als Blitze herum und es bleibt gewiß, daß |418| man so weich auf den *Rändern* dieser Stühle aufsaß als trüge man einen Doppelsteiß – wie gesagt, diesen Steiß-Luxus des Gläubigers und Schuldners hab' ich niemals zum Muster angepriesen; aber auf der andern Seite muß doch jeder, der in den *„Schutz [Schulz] von Paris"* hineingesehen, bekennen, daß die Verschwendung im Palais royal und an allen Höfen offenbar eben so groß ist. Wie werd' ich vollends solche Methodisten von der strengen Observanz auf die Seite des Großvater- oder Sorgestuhls Wuzens bringen, der mit vier hölzernen Löwentatzen die Erde ergreift, welche mit vier Queerhölzern – den Siz-Konsolen munterer Finken und Gimpel – gesponselt sind; und dessen Haar-Chignon sich mit einer geblümten ledernen Schwarte mehr als zu prächtig besohlet und welcher zwei hölzerne behaarte Arme, die das Alter wie menschliche, dürrer gemacht, nach einem Insaß ausstreckt? .... Dieses Fragzeichen kann manchen, weil er den langen Perioden vergessen, frappiren.

Das zinnene Tafel-Service, das der Pädagog noch von seinem Fürstbischof holte, kann das Publikum beim Auktionsproklamator, wenns anders versteigert wird, besser kennen lernen als bei mir: |419| so viel wissen die Hochzeitgäste, die Saladière, die Saucière, die Assiette zu Käse und die Senfdose war ein Einziger Teller, der aber vor jeder Rolle einmal abgescheuert wurde.

Ein ganzer Nil und Alpheus schoß über jedes Stubenbret, wovon gute Gartenerde wegzuspülen war, an jede Bettpfoste und an den Fensterstock hinan und ließ den gewöhnlichen Bodensatz der Fluth zurück – *Sand.* Die Gesetze des Romans würden verlangen, daß das Schulmeisterlein sich anzöge und sich auf eine Wiese unter ein wogendes Zudeck von Gras und Blumen streckte und da durch einen Traum der Liebe nach dem andern hindurch sänk' und bräche – allein er rupfte Hühner und Enten ab, spaltete Kaffee und Bratenholz und die Braten selbst, kredenzte am Sonnabend den Sonntag und dekretirte und vollzog in der blauen Schürze seiner Schwiegermutter funfzig Küchen-Reglements und sprang, den Kopf mit Papillotten gehörnt und das Haar wie einen Eichhörnchenschwanz emporgebunden, hinten und vornen und überall herum: „denn ich mache nicht alle Sonntage Hochzeit“ sagt' er.

|420| Nichts ist widriger als hundert Vorläufer und

Vorreiter zu einer winzigen Lust zu sehen und zu hören; nichts ist aber süßer als selber mit vorzureiten und vorzulaufen: die Geschäftigkeit, die wir nicht bloß sehen sondern theilen, macht nachher das Vergnügen zu einer von uns selbst gesäeten, besprengten und ausgezognen Frucht; und obendrein befällt uns das Herzgespann des Passens nicht.

Aber, lieber Himmel, ich brauchte einen ganzen Sonnabend um diesen nur zu rapportiren: denn ich that nur einen vorbeifliegenden Blick in die Wuzische Küche – was da zappelt! was da raucht! – Warum ist sich Mord und Hochzeit so nahe, wie die zwei Gebote die davon reden? Warum ist nicht bloß eine fürstliche Vermählung oft für Menschen, warum ist auch eine bürgerliche für Geflügel eine Parisische Bluthochzeit?

Niemand brachte aber im Hochzeithaus diese zwei Freudentage mißvergnügter und fataler zu als zwei Stechfinken und drei Gimpel: diese inhaftirte der reinliche und vogelfreundliche Bräutigam sämtlich – vermittelst eines Treibjagens mit Schürzen und geworfnen Nachtmützen – und nöthigte sie, |421| aus ihrem Tanz-Salon in ein Paar Drath-Karthausen zu fahren und an der Wand in Mansarden springend herabzuhängen.

Wuz berichtet so wohl in seiner „Wuzischen Urgeschichte“ als „in seinem Lesebuch für Kinder mittlern Alters,“ daß Abends um 7 Uhr, da der Schneider dem Hymen neue Hosen und Gillet und Rock anprobirte, schon alles blank und metrisch und neugeboren war, ihn selber ausgenommen. Eine unbeschreibliche Ruhe sitzt auf jedem Stuhl und Tisch, eines neugestellten brillantirten Zimmers! In einem chaotischen denkt man, man müsse noch diesen Morgen ausziehen aus dem aufgekündigten Logement.

Ueber seine Nacht (so wie über die folgende) fliegen ich und die Sonne hinüber und wir begegnen ihm, wenn er am Sonntage, geröthet und elektrisirt vom Gedanken des heutigen Himmels, die Treppe herab läuft in die anlachende Hochzeitstube hinein, die wir alle gestern mit so vieler Mühe und Dinte aufgeschmückt haben vermittelst Schönheitswasser – mouchoir de Venus und Schminklappen (Waschlappen) – Puderkasten (Topf mit Sand) und anderem Toiletten-Schif und Geschirr. |422| Er war Nachts siebenmal aufgewacht, um sich siebenmal auf den Tag zu freuen; und zwei Stunden früher aufgestanden, um beide Minute für Minute aufzuessen. Es ist mir als gieng' ich mit dem Schulmeister zur Thür hinein, vor dem die Minuten des Tages hinstehn wie Honigzellen – er schöpfet eine um die andre aus und jede Minute trägt einen weitern Honigkelch. Für eine Pension auf Lebenslang ist dennoch der Kantor nicht vermögend, sich auf der ganzen Erde ein Haus zu denken, in dem jetzt nicht Sonntag, Sonnenschein und Freude ist; nein! – Das zweite was er unten nach der Thüre aufthat, war ein Oberfenster, um einen auf- und niederwallenden Schmetterling – einen schwimmenden Silberflitter, eine Blumen-Folie und *Amors* Ebenbild – aus *Hymens* Stube fortzulassen. Dann fütterte er seine Vogel-Kapelle in den Bauern zum Voraus auf den lärmenden Tag, und fidelte auf der väterlichen Geige die Schleifer zum Fenster hinaus, an denen er sich aus der Fastnacht an die Hochzeitnacht herangetanzt. Es schlägt erst fünf

Uhr, mein Trauter, wir haben uns nicht zu übereilen! Wir wollen die zwei Ellen lange Halsbinde (die du dir auch wie die Braut |423| antanzest, indem die Mutter das andre Ende hält) und das Zopfband glatt umhaben noch zwei völlige Stunden vor dem Läuten. Gern gäb' ich den Großvaterstuhl und Ofen, deren Assessor ich bin, gratis hin, wenn ich mich und meine Zuhörerschaft jetzt zu transparenten Sylphiden zu verdünnen wüßte; damit unsere ganze Brüderschaft dem zappelnden Bräutigam ohne Stöhrung seiner stillen Freude in den Garten nachflöge, wo er für ein weibliches Herz, das weder ein diamantnes noch ein welsches ist, auch keine Blumen, die es sind, abschneidet sondern lebende – wo er die blitzenden Käfer und Thautropfen aus den Blumenblättern schüttelt und gern auf den Bienenrüssel wartet, den zum letztenmale der mütterliche Blumenbusen säuget – wo er an seine Knaben-Sonntagsmorgen denkt und an den zu engen Schritt über die Beete und an das kalte Kanzelpult, dem der Senior sein Bouquet gab. Gehe nach Haus, Sohn deines Antezessors, und schaue am achten Junius [Julius] dich nicht gegen Abend um, wo der stumme sechs Fuß dikke Gottesacker über manchen Freunden liegt, sondern gegen Morgen wo du die Sonne, die Pfarrthüre und deine hineinschlüpfende Justine sehen kannst, die die Frau Pathin nett ausfrisiren und einschnüren |424| will. Ich merk' es leicht, daß meine Zuhörer wieder in Sylphiden verflüchtigt werden wollen, um die Braut zu umflattern; aber sie siehts nicht gern.

Endlich lag der himmelblaue Rock – die Livréefarbe der Müller und Schulmeister – mit geschwärzten

Knopflöchern und die plättende Hand seiner Mutter, die alle Brüche hob, am Leibe des Schulmeisterleins und es darf nur Hut und Gesangbuch nehmen. Und jetzt – ich weiß gewiß auch, was Pracht ist, fürstliche bei fürstlichen Vermählungen, das Kanoniren, Illuminiren, Exerciren und Frisiren dabei; aber nur mit der Wuzischen Vermählung muß man dergleichen nie zusammenstellen: sehet doch dem Mann hintennach, der den Sonnen- und Himmelsweg zu seiner Braut jetzt geht und auf den andern Weg drüben nach dem Alumneum schauet und denkt „wer hätt' 's vor vier Jahren gedacht;" ich sage, sehet ihm nach: thut es nicht auch die Auenthaler Pfarrmagd, ob sie gleich Wasser trägt, und henkt einen solchen prächtigen vollen Anzug bis auf jede Franze in ihrem [ihren] Gehirn- und Kleiderkammern auf? Hat er nicht eine gepuderte Nasen- und Schuhspitze? Sind nicht die rothen Thorflügel seines Schwiegervaters aufgedreht und schreitet er nicht durch diese ein, in|425|deß die von der Haarkräuslerin abgefertigte Verlobte durch das Hofthürchen schleicht? Und stoßen sie nicht so meublirt und überpudert auf einander, daß sie das Herz nicht haben, sich guten Morgen zu bieten? Denn haben beide in ihrem Leben etwas prächtigers und vornehmeres gesehen als sich einander heute? Ist in dieser verzeihlichen Verlegenheit nicht der lange Spahn ein Glück, den der kleine Bruder zugeschnitzt und den er der Schwester hinreckt, damit sie darum wie um einen Weinpfahl die Blumen-Staude und Geruchs-Quaste für des Kantors Knopfloch winde und gürte? Werden neidsüchtige Damen meine Freunde bleiben, wenn ich meinen

Pinsel eintunke und ihnen damit vorkolorire die Parüre der Braut, das zitternde Gold statt der Zitternadel im Haar, die drei goldnen Medaillons auf der Brust mit den Miniatürportraits der deutschen Kaiser*), und tiefer die in Knöpfe zergossenen Silberbarren? .... ich könnt' aber den Pinsel fast jemand an den Kopf werfen, wenn mir beifällt, mein Wuz und seine gute |426| Braut werden mir, wenns abgedruckt ist, von den Koketten und anderem Teufelszeuge gar ausgelacht: glaubt ihr denn aber, ihr städtischen distillierten und tättowirten Seelenverkäuferinnen, die ihr alles an Mannspersonen messet und liebt, ihr Herz ausgenommen, daß ich oder meine meisten Herren Leser dabei gleichgültig bleiben könnten oder daß wir nicht alle eure gespannten Wangen, eure zuckenden Lippen, eure mit Witz und Begierde sengenden Augen und eure jedem Zufall gefügigen Taillen, und selber deine, Residentin von Bouse, mit Spaß hingäben für eine einzige Szene, wo die Liebe ihre Stralen in dem Morgenroth des Schämens bricht, wo die unschuldige Seele sich vor jedem Aug' entkleidet, ihr eignes ausgenommen und wo hundert innere Kämpfe das durchsichtige Angesicht beseelen, und kurz worin mein Brautpaar selbst agirte, da der alte lustige Kauz von Schwiegervater beider gekräuselten und weißblühenden Köpfe habhaft wurde und sie gescheut zu einem Kuß zusammenlenkte? Dein freudiges Erröthen, lieber Wuz! – und dein verschämtes, liebe Justine! –

*) In manchen deutschen Gegenden tragen die Mädchen 3 Dukaten am Halse.

Wer wird überhaupt diesen und dergleichen Sachen kurz vor seinen Sponsalien schärfer nachdenken |427| und nachher delikater agiren als gegenwärtiger Biograph selbst?

Der Lärm der Kinder und Büttner auf der Gasse und der Rezensenten in Leipzig hindern den Biographen, alles ausführlich herzusetzen, die prächtigen Eckenbeschläge und dreifachen Manschetten, womit der Bräutigam jede Zeile des Chorals versah – den hölzernen Engelsfittich, woran er seinen Kurhut zum Chor hinaus hieng – den Namen Justine an den Pedalpfeifen – seinen Spas und seine Lust, da sie einander vor der Kirchenagende (der goldnen Bulle und die Reichsgrundgesetze des Eheregiments) die rechten Hände gaben und da er mit seinem Ringfinger ihre ho[h]le Hand gleichsam hinter einem Bettschirm neckte – und den Eintritt in die Hochzeitstube, wo vielleicht die größten und vornehmsten Leute und Gerichte der Erde einander begegneten, ein Pfarrer, eine Pfarrerin, ein Subpräfektus und eine Braut. Es wird aber Beifall finden, daß ich meine Beine auseinander setze und damit über die ganze Hochzeittafel und Hochzeittrift und über den Nachmittag wegschreite, um zu hören was sie Abends angeben – einen und den andern Tanz giebt der Subpräfektus an. Es ist |428| im Grunde schon alles ausser sich – ein Tobacks-Heerrauch und ein Suppendampfbad woget um drei Lichter und scheidet einen vom andern durch Nebelbänke – der Violonzellist und der Violinist streichen fremdes Gedärm weniger als sie eignes füllen – auf der Fensterbrüstung guckt das ganze Auenthal als Gallerie zappelnd herein und die

Dorfjugend tanzt draussen dreissig Schritte von dem Orchester entfernt, im Ganzen recht hübsch – die alte Dorf-La Bonne schreiet ihre wichtigsten Personalien der Seniorin vor und diese nieset und hustet die ihrigen los, jede will ihre historische Nothdurft früher verrichten und sieht ungern die andre auf dem Stuhle seßhaft – der Senior sieht wie ein Schoosjünger des Schoosjüngers Johannes aus, welchem die Maler mit einem Becher in der Hand abmalen und lacht lauter als er predigt – der Präfektus schießet als Elegant herum und ist von niemand zu erreichen – mein Maria plätschert und fährt unter in allen vier Flüssen des Paradieses; und des Freuden-Meers Wogen heben und schaukeln ihn allmächtig – bloß die eine Brautführerin (mit einer zu zarten Haut und Seele für ihren schwielenvollen Stand) hört die |429| Freuden-Trommel wie von einem Echo gedämpft und wie bei einer Königsleiche mit Flor bezogen und die stille Entzückung spannt in Gestalt eines Seufzers die einsame Brust – mein Schulmeister (er darf zweimal im Küchenstück herumstehen) tritt mit seiner Trauungshälfte unter die Hausthür, deren dessus de porte ein Schwalben-Globus ist, und schauet auf zu dem schweigenden glimmenden Himmel über ihm und denkt, jede große Sonne gucke herunter wie ein Auenthaler und zu seinem Fenster hinein. .... Schiffe fröhlich über deinen verdünstenden Tropfen Zeit, du kannst es; aber wir könnens nicht alle, die eine Brautführerin kanns auch nicht – ach wär' ich wie du an einem Hochzeitmorgen dem ängstlichen den Blumen abgefangnen Schmetterling begegnet, wie du der Biene im Blüthenkelch, wie du der um sieben Uhr abgelaufnen Thurmuhr, wie du dem stummen Himmel oben und dem lauten unten: so hätt' ich ja daran denken müssen, daß nicht auf dieser stürmenden Kugel, wo die Winde sich in unsre kleinen Blumen wühlen, die Ruhestätte zu suchen sei, auf der uns ihre Düfte ruhig umfließen, oder ein Auge ohne Staub, ein Auge ohne *Regentropfen*, |430| die jene Stürme an uns werfen – und wäre die blitzende Göttin der Freude so nahe an meinem Busen gestanden: so hätt' ich doch auf jene Aschenhäufgen hinüber gesehen, zu denen sie mit ihrer Umarmung, gebürtig aus der Sonne und nicht aus unsern Eiszonen, schon die armen Menschen verkalkte – und o wenn mich schon die vorige Beschreibung eines großen Vergnügens so traurig zurück ließ: so müst' ich, wenn erst du, aus ungemessenen Höhen in die tiefe Erde hereinreichende Hand! mir eines, wie eine Blume auf einer Sonne gewachsen, hernieder brächtest, auf diese Vaterhand die Tropfen der Freude fallen lassen und mich mit dem zu schwachen Auge von den Menschen wegwenden. ....

Jezt da ich dieses sage, ist Wuzens Hochzeit längst vorbei, seine Justine ist alt und er selber auf dem Gottesacker; der Strom der Zeit hat ihn und alle diese schimmernden Tage unter vier- fünffache Schichten Bodensatz gedrückt und begraben – auch an uns steigt dieser beerdigende Niederschlag immer höher auf, in drei Minuten erreicht er das Herz und überschlichtet mich und euch.

|431| In dieser Stimmung sinne mir keiner an, die vielen Freuden des Schulmeisters aus seinem Freuden-Manuale mitzutheilen, besonders seine Weihnachts-

Kirchweih- und Schulfreuden – es kann vielleicht noch geschehen in einem Posthumus von Postskript, das ich nachliefere, aber heute nicht! heute ists besser, wir sehen den vergnügten Wuz zum letztenmal lebendig und tod und gehen dann weg.

Ich hätte überhaupt – ob ich gleich dreißigmal vor seiner Hausthür vorüber gegangen war – wenig vom ganzen Manne gewust, wenn nicht am 12ten Mai vorigen Jahrs die alte Justine unter ihr gestanden wäre und mich angeschrien hätte: „ob ich keine Bücher machte" – „Warum nicht, sagt' ich, dem deutschen Publiko schenk' ich deren immer." – „Wenn ich nur eine Stunde zu ihrem Alten herein möchte, mit dems so schlecht aussähe."

Der Schlag hatte dem Alten, vielleicht weil er eine Flechte Thalers groß am Nacken hinein geheilet, oder vor Alter, die linke Seite gelähmt. Er saß im Bette an einer Lehne von Polstern und Unter-Robben und hatte ein ganzes Waarenlager |432| das ich sogleich spezificieren werde, auf dem Deckbette vor sich. Ein Kranker thut wie ein Reisender – und was ist er anders – sogleich mit jedem bekannt: so nahe mit dem Fuße und Auge an erhabnern Welten macht man in dieser räudigen keine Umstände mehr. Er klagte, es hätte sich seine Alte schon seit drei Tagen nach einem Bücherschreiber umschauen müssen, hätt' aber keinen ertapt außer jezt; „er müss' aber einen haben, der seine Bibliothek übernähme, ordnete und inventierte und der an seine Biographie, die in der ganzen Bibliothek wäre, seine letzten Stunden, falls er sie jezt hätte, zur Kompletirung gar hin anstieße: denn seine Alte wäre keine Gelehrtin und seinen Sohn hätt' er auf drei – Wochen auf die Universität Heidelberg gelassen."

Seine Runzeln-Aussaat gab seinem runden kleinen Gesichtgen äußerst fröhliche Lichter; jede Runzel schien ein lächelnder Mund: aber es gefiel mir und meiner Semiotik nicht, daß seine Augen so blitzten, seine Augenbraunen und Mund-Ecken so zuckten und seine Lippen so zitterten.

Ich will mein Versprechen der Spezifikation halten: auf dem Deckbette lag eine grüntaftne |433| Kinderhaube, wovon das eine Band abgerissen war, eine mit abgegrifnen Goldflittergen überpichte Kinderpeitsche, einen Fingerring von Zinn, eine Schachtel mit Zwerg-Büchelgen in 128 Format, eine Wand-Uhr, ein beschmutztes Schreibbuch und ein Finkenkloben Fingerslang. Es waren die Rudera und Spätlinge seiner verspielten Kindheit: die Kunstkammer dieser seiner *griechischen Alterthümer* war von jeher unter der Treppe gewesen – denn in einem Haus, das der Blumenkübel und Treibkasten eines einzigen Stammbaums ist, bleiben die Sachen Säkula lang in ihrer Stelle ungerückt – und da es von seiner Kindheit an ein Reichsgrundgesetz bei ihm war, alle seine Spielwaaren in chronologischer Ordnung aufzuheben, und da kein Mensch das ganze Jahr unter die Treppe guckte als er: so konnt' er noch am Rüsttage vor seinem Todestage diese Urnenkrüge eines schon gestorbenen Lebens um sich stellen und sich zurückfreuen, da er sich nicht mehr vorausfreuen konnte. Du konntest freilich, kleiner Maria, in keinen *Antikentempel* zu Sanssouci eintreten und darin vor dem *Weltgeist der schönen Natur der*

Kunst niederfallen; aber du konntest |434| doch in deine Kindheits-Antiken-*Stiftshütte* unter der finstern Treppe gucken und die Strahlen der auferstehenden Kindheit spielten wie des gemalten Jesuskindes seine im Stall, an den düstern Winkeln! o wenn größere Seelen als du, aus der ganzen Orangerie der Natur so viel süße Säfte und Düfte sögen als du aus dem zackigen grünen Blatte, an das dich das Schicksal gehangen: so würden nicht Blätter sondern Gärten genossen und die bessern und doch glücklichern Seelen wunderten sich nicht mehr, daß es *vergnügte* Meisterlein geben kann.

Wuz sagte und bog den Kopf gegen das Repositorium hin, „wenn ich mich an meinen ernsthaften Werken matt gelesen und korrigiert; so schau ich stundenlang diese Schnurpfeifereien an und das wird hoffentlich einem Bücherschreiber keine Schande seyn."

Ich wüst' aber nicht, womit der Welt mehr gedient ist als wenn ich ihr den räsonnierenden Katalog dieser Kunststücke und Schnurpfeifereien zuwende, den mir der Patient zuwandte. Den zinnenen Ring hatt' ihm die vierjährige Mamsell des vorigen Pastors, da sie miteinander von einem |435| Spielkameraden ehrlich und ordentlich kopuliert wurden, als Ehepfand angesteckt – das elende Zinn löthete ihn fester an sie als edlere Metalle edlere Leute und ihre Ehe brachten sie auf vier und funfzig Minuten: oft wenn er nachher als geschwärzter Alumnus sie mit nickenden Federn-Standarten am dünnen Arme eines gesprenkelten Elegant spatzieren gehen sah, dacht er an den Ring und an die alte Zeit. Ueberhaupt hab' ich bisher mir unnütze Mühe gegeben es zu verstecken daß er in alles sich verliebte was wie eine Frau aussah; alle Fröhliche seiner Art tun dasselbe: vielleicht können sie es, weil ihre Liebe sich zwischen den beiden Extremen von Liebe aufhält und beiden abborgt, so wie der Busen der Uebergang, das Band und der Kreole der platonischen und der epikurischen Reize ist. – Da er seinem Vater die Thurmuhr aufziehen half wie vor Zeiten die Kronprinzen mit den Vätern in die Sessionen giengen: so konnte so eine kleine Sache ihm einen Wink geben, ein lakiertes Kästgen zu durchlöchern und eine Wanduhr daraus zu schnitzen, die niemals gieng; inzwischen hatte sie doch wie mehrere Staatskörper ihre langen Gewichte und ihre einge|436|zackten Räder, die man dem Gestelle nürnbergischer Pferde abgehoben und so zu etwas besserem verbraucht hatte. – Die grüne Kinderhaube mit Spitzen gerändert, das einzige Ueberbleibsel seines vorigen vierjährigen Kopfes, war seine Büste und sein Gipsabdruck vom kleinen Wuz, der jezt zu einem großen ausgefahren war: Alltags-Kleider stellen das Bild eines todten Menschen weit inniger dar als sein Portrait – daher besah Wuz das Grün mit sehnsüchtiger Wollust und es war ihm als schimmere aus dem Eis des Alters eine grüne Rasenstelle der längst überschneieten Kindheit vor; „nur meinen Unterrock von Flanel sollt' ich gar haben, der mir allemal unter den Achseln umgebunden wurde." – Mir ist so wohl das erste Schreibbuch des Königs von Preußen als das des Schulmeisters Wuz bekannt und da ich beide in Händen gehabt: so kann ich urtheilen, daß der König als Mann und das Meisterlein als Kind schlechter geschrieben: „Mutter, sagt' er zu seiner Frau, betracht' doch wie dein Mann hier (im Schreibbuch) und wie er dort (in seinem kallygraphischen Meisterstück von einem Lehnbrief, den er an die Wand genagelt) geschrieben: ich fress' mich aber noch vor |437| Liebe, Mutter!" Er prahlte vor niemand als vor seiner Frau; und ich schätze den Vortheil so hoch als er werth ist, den die Ehe hat, daß der Ehemann durch sie noch ein zweites Ich bekömmt, vor dem er sich ohne Bedenken recht herzlich loben kann. Wahrhaftig das deutsche Publikum sollte ein zweites Ich von uns Autoren abgeben! – Die Schachtel war ein Bücherschrank der lilliputischen Traktätgen in Fingerkalender-Format, die er in seiner Kindheit dadurch edierte, daß er einen Vers aus der Bibel abschrieb, es heftete und bloß sagte: „abermals einen recht hübschen *Kober*[*)] gemacht!" andre Autores thun das auch, aber erst wenn sie herangewachsen sind. Als er mir seine jugendliche Autorschaft referierte: bemerkt' er: „als ein Kind ist man ein wahrer Narr; es stach aber doch schon damals der Autortrieb heraus, nur freilich noch in einer unreifen und lächerlichen Gestalt" und belächelte zufrieden die jezige. – Und so giengs mit dem Finkenkloben auch: war nicht der fingerslange Finkenkloben, den er mit Bier |438| bestrich und auf dem er die Fliegen an den Beinen fieng, der Vorläufer des armslangen Finkenkloben, *hinter* dem er im Spätherbst seine schönsten

*) Kobers Kabinetsprediger – in dem mehr Geist steckt (freilich oft ein närrischer) als in zwanzig jezigen ausgelaugten Predigt-Skarteken.

Stunden zubrachte wie auf ihm die Finken ihre häßlichsten? das Vogelstellen will durchaus ein in sich selbst vergnügtes stilles Ding von Seele haben.

Es ist leicht begreiflich, daß seine gröste Krankenlabung ein alter Kalender war und die abscheulichen 12 Monatskupfer desselben. In jedem Monat des Jahrs machte er sich, ohne vor einem Gallerieinspektor den Hut abzunehmen oder an ein Bilderkabinet zu klopfen, mehr malerische und artistische Lust als andre Deutsche, die abnehmen und anklopfen. Er durchwanderte nämlich die 11 Monats-Vignetten – die des Monats, worin er wanderte, ließ er weg – und phantasierte in die Holzschnitt-Szenen alles hinein was er und sie brauchten. Es muste ihn freilich in gesunden und kranken Tagen letzen, wenn er im Jenner-Winterstück auf dem abgeru[p]ften schwarzen Baum herumstieg und sich (mit der Phantasie) unter den an der Erde aufdrückenden Wolkenhimmel stellte, der über den Winterschlaf der Wiesen und Felder wie |439| ein Betthimmel sich herüberkrümmte – der ganze Junius zog sich mit seinen langen Tagen und langen Gräsern um ihn herum, wenn er seine Einbildung den Junius-Landschafts[-]Holzschnitt ausbrüten ließ auf dem kleine Kreuzgen, die nichts als Vögel seyn sollten, durch das graue Druckpapier flogen und auf dem der Holzschneider das fette Laubwerk zu Blätterskeletten mazerierte. Allein wer Phantasie hat, macht sich aus jedem Fetzen eine wunderthätige Reliquie, aus jedem Eselskinnbacken eine Quelle; die fünf Sinne reichen ihr nur die Kartons, nur die Grundstriche des Vergnügens oder Mißvergnügens.

Den Mai überblätterte der Patient, weil der ohnehin um das Haus draußen stand. Die Kirschblüthen, womit der Wonnemond sein grünes Haar besteckt, die Maiblümgen, die als Vorsteckrosen über seinem Busen duften, beroch er nicht – der Geruch war weg, – aber er besah sie und hatte einige in einer Schüssel neben seinem Krankenbette.

Ich habe meine Absicht klug erreicht, mich und meine Zuhörer fünf oder sechs Seiten von der traurigen Minute wegzuführen, in der vor unser aller Augen der Tod vor das Bett unsers kranken |440| Freundes tritt und langsam mit eiskalten Händen in seine warme Brust hinein dringt und das vergnügt schlagende Herz erschreckt, fängt und auf immer anhält. Aber endlich kömmt die Minute und ihr Begleiter doch.

Ich blieb den ganzen Tag und sagte abends, ich könnte zu Nachts wachen. Sein lebhaftes Gehirn und sein zuckendes Gesicht hatten mich fest überzeugt, in der Nacht würde der Schlag sich wiederholen; es geschah aber nicht; welches mir und dem Schulmeisterlein ein wesentlicher Gefallen war. Denn es hatte mir gesagt – auch in seinem letzten Traktätgen stehts – nichts wäre schöner und leichter als an einem heitern Tage zu sterben, die Seele sähe durch die geschlossenen Augen die hohe Sonne noch und sie stiege aus dem vertrockneten Leib in das weite blaue Lichtmeer draussen; hingegen in einer finstern brüllenden Nacht aus dem warmen Leibe zu müssen, den langen Fall ins Grab so einsam zu thun, wenn die ganze Natur selber da säße und die Augen sterbend zuhätte – das wäre ein zu harter Tod.

Um 11½ Uhr Nachts kamen Wuzens zwei besten *Jugendfreunde* noch einmal vor sein |441| Bette, der Schlaf und der Traum, um von ihm gleichsam Abschied zu nehmen. Oder bleibt ihr länger und seid, ihr zwei Menschenfreunde es vielleicht, die ihr den ermordeten Menschen aus den blutigen Händen des Todes holet und auf eueren wiegenden Armen durch die kalten unterirdischen Hölungen mütterlich traget ins helle Land hin, wo ihn eine neue Morgensonne und neue Morgenblumen in waches Leben hauchen? –

Ich war allein in der Stube – ich hörte nichts als den Athemzug des Kranken und den Schlag meiner Uhr, die sein kurzes Leben weg maß – der gelbe Vollmond hieng tief und groß in Süden und bereifte mit seinem Todtenlichte die Maiblümgen des Mannes und die stockende Wanduhr und die grüne Haube des Kindes – der leise Kirschbaum vor dem Fenster malte auf dem Grund von Mondslicht aus Schatten einen bebenden Baumschlag in die Stube – am stillen Himmel wurde zuweilen eine fackelnde Sternschnuppe niedergeworfen und sie vergieng wie ein Mensch – es fiel mir bei, die nämliche Stube, die jezt der schwarz ausgeschlagne Vorsaal des Grabes war, wurde morgen vor 43 Jahren am 13. Mai vom Kranken bezogen – und an diesem Tage gien|442|gen seine elysäischen Achtwochen an – ich sah daß der, dem damals dieser Kirschbaum Wohlgeruch und Träume gab, dort im drückenden Traume geruchloß liege und vielleicht noch heute aus dieser Stube ausziehe und daß alles, alles vorüber sei und niemals wieder komme .... und in dieser Minute fieng Wuz mit dem ungelähmten Arme nach etwas als wollt' er einen entfallenden Himmel erfassen –– und in dieser zitternden Minute knisterte der Monatszeiger meiner Uhr und fuhr, weils 12 Uhr war, vom 12ten Mai zum 13ten über.... Der Tod schien mir meine Uhr zu stellen, ich hörte ihn den Menschen und seine Freuden käuen, und die Welt und die Zeit schien in einem Strom von Moder sich in den Abgrund hinab zu bröckeln! ...

Ich denke an diese bebende Minute bei jedem mitternächtlichen Ueberspringen meines Monatszeigers; aber sie trete nie mehr unter die kurze Reihe meiner übrigen Minuten.

Der Sterbende – er wird kaum diesen Namen lange mehr haben – schlug zwei lodernde Augen auf und sah mich lange an, um mich zu kennen. Ihm hatte geträumt, er schwankte als ein Kind sich auf einem Lilienbeete, das unter ihm aufgewallet – die|443|ses wäre zu einer emporgehobnen Rosen-Wolke zusammen geflossen, die mit ihm durch goldne Morgenröthen und über rauchende Blumenfelder weggezogen wäre – die Sonne hätte mit einem weißen Mädgen-Angesicht ihn angelächelt und angeleuchtet und wäre endlich in Gestalt eines von Strahlen umflognen Mädgens seiner Wolke zugesunken und er hätte sich geängstigt, daß er den linken gelähmten Arm nicht um und an sie bringen können –– darüber wurd' er wach aus seinem letzten oder vielmehr vorletzten Traum: denn auf den langen Traum des Lebens sind die kleinen bunten Träume der Nacht wie Phantasieblumen gestickt und gezeichnet.

Der Lebens-Strom nach seinem Kopfe wurde immer schneller und breiter: er glaubte immer wieder, verjüngt zu seyn; den Mond hielt er für die bewölkte Sonne; es kam ihm vor, er sei ein fliegender Taufengel, unter einem Regenbogen an eine Dotterblumen-Kette aufgehangen, im unendlichen Bogen auf- und niederwogend, von der vierjährigen Ringgeberin über Abgründe zur Sonne aufgeschaukelt... Gegen vier Uhr morgens konnte er uns nicht mehr sehen, ob gleich die Morgenröthe schon in der Stube war – die Augen blickten versteinert vor sich hin |444| – eine Gesichtszuckung kam auf die andre – den Mund zog eine Entzückung immer lächelnder aus einander – Frühlings-Phantasien, die weder dieses Leben erfahren noch jenes haben wird, spielten mit der sinkenden Seele – endlich stürzt der Todesengel den blaßen Leichenschleier auf sein Angesicht und hob hinter ihm die blühende Seele mit ihren tiefsten Wurzeln aus dem körperlichen Treibkasten voll organisirter Erde. .... Das Sterben ist erhaben; hinter schwarzen Vorhängen thut der einsame Tod das stille Wunder und arbeitet für die andre Welt und die Sterblichen stehen da mit nassen, aber stumpfen Augen neben der überirdischen Szene ...

„Du guter Vater, sagte seine Wittwe, wenn dirs jemand vor 43 Jahren hätte sagen sollen, daß man dich am 13. Mai, wo deine Achtwochen angiengen, hinaustragen würde“ – „Seine Achtwochen, sagt' ich, gehen wieder an und währen länger.“

Da ich um 11 Uhr fortgieng: war mir die Erde gleichsam heilig und Todte schienen mir neben mir zu gehen; ich sah auf zum Himmel als könnt' ich im endlosen Aether nur in Einer Richtung den Gestorbnen suchen; und da ich oben auf dem Ber|445|ge, wo man nach Auenthal hinein schauet, mich noch einmal nach dem Leidenstheater umsah und da ich unter den rauchenden Häusern bloß das Trauerhaus unbewölket da stehen und den Todtengräber oben auf dem Gottesacker das Grab aushauen sah, und da ich das Leichenläuten seinetwegen hörte und daran dachte, wie die Wittwe im stummen Kirchthurm mit rinnenden Augen das Seil unten reiße: so fühlt' ich unser aller Nichts und schwur, ein so unbedeutendes Leben zu verachten, zu verdienen und zu genießen. –

Wohl dir, lieber Wuz, daß ich – wenn ich nach Auenthal gehe und dein verrasetes Grab aussuche und mich darüber kümmere, daß die in dein Grab beerdigte Puppe des Nachtschmetterlings mit Flügeln daraus kriecht, daß dein Grab ein Lustlager bohrender Regenwürmer, rückender Schnecken, wirbelnder Ameisen und nagender Räupgen ist, indeß du tief unter allen diesen mit unverrücktem Haupte auf deinen Hobelspähnen liegst und indeß keine liebkosende Sonne durch deine Bretter und deine mit Leinwand zugeleimten Augen bricht – wohl dir, daß ich dann sagen kann: „da er noch |446| das Leben hatte, genoß ers fröhlicher wie wir alle."

Es ist genug, meine Freunde – es ist 12 Uhr, der Monatszeiger sprang auf einen neuen Tag und erinnerte uns an den doppelten Schlaf, an den Schlaf der kurzen und an den Schlaf der langen Nacht....

|447| Ausläuten oder Sieben letzte Worte an die Leser der Biographie und der Idylle.

Am 21. Junius oder längsten Tage.

Heute wird also meine kleine Rolle, wenigstens für den ersten Auftritt, aus; sobald ich die sieben Worte gar geschrieben habe: so gehen ich und die Leser aus einander. Aber ich trete trauriger weg als sie. Ein Mensch, der den Weg zu einem weiten Ziel vollendet hat, wendet sich an diesem um und sieht mit einem Seufzer und unbefriedigt und voll neuer Wünsche über die zurücklaufende Straße hin, die seine schmalen Stunden wegmaß und die er wie eine Medea mit Gliedern seines Lebens überstreuete. Eh' es heute Nacht wurde, hab' ich alle die Papierspähne, die von diesem Buche fielen, eingesargt, aber nicht, wie andre Autores, eingeäschert – ich habe zugleich alle Briefe *der* Freunde, die mir keine neue mehr schreiben *können*, als Akten der in der Erden-Instanz geschlossenen Prozesse inrotulirt und hingelegt. – So etwas sollte der Mensch stets deponiren und alle |448| Freudenblumen aufkleben, trotz ihrer Vertrocknung, in einem Herbario: nicht einmal seine alten Fracks, Pikeschen und Bratenröcke (die übrigen Kleidungsstücke karakterisiren wenig) sollte er verschenken oder versteigern, sondern hinhenken sollt' er sie als Hülsen seiner ausgekernten Stunden, als Puppengehäuse der ausgeflognen Freuden, als Gewandfall oder todte Hand, die der Erinnerung heimfällt von den gestorbenen Jahren ....

–– Sobald ich heute am Tage, der so lang war als dieses Buch, mit dieser Leichenbestattung fertig war: so gieng ich in die Nacht heraus, die so kurz ist wie die des Lebens … und hier steh' ich unter dem Himmel und fühl' es wieder wie allemal, daß jede überstiegne Treppe hienieden sich zur Staffel einer höhern verkürzt und daß jeder erkletterte Thron zum Fußschemmel eines neuen einschrumpft. – Die Menschen bewohnen und bewegen das große Tretrad des Schicksals und glauben darin, sie *steigen*, wenn sie *gehen* …. Warum will ich schon wieder ein neues Buch schreiben und in diesem die Ruhe erwarten, die ich im alten nicht fand? –– Ein buschigter Felsen, der sich über einen Steinbruch bückt, hält mich hier |449| mit meiner Schreibtafel, in der ich dieses Buch zu Ende führen will, in der Nacht des Junius empor, den die Maler wie den Tod mit einer Sense malen. –– Es ist über 11 Uhr; auf dem erloschnen blauen Himmels-Ozean über mir glimmt nur hier und da ein zitterndes Pünktchen – der Arkturus wirft aus Westen seine kleinen Blitze auf seine Erden und auf meine, der große Bär blinkt aus Norden, und die Andromeda aus Osten – der breite Mond liegt unter der Erde neben dem Mittage der neuen Welt – aber die eingesunkne Abendröthe (dieser bunte Sonnen-Schatte) beugt den Tagsschimmer der neuen Welt gemildert in die alte herein und wirft ihn über zehn überlaubte Dörfer um mich und über den schwarzen allein fort redenden Strom, diese lange Wasseruhr der Zeit, die damit ein Jahrtausend ums andre misset. ––

So jämmerlich ist der enge Mensch; wenn er ein

Buch hinaus hat: so blickt er zu allen entlegnen Sonnen auf, ob sie ihm nicht zusehen – bescheidner wäre es, er dächte, er werde bloß von Europa und dessen indischen Besitzungen bemerkt. –– Ich wünsche nicht, daß mich hier ein Cherub, ein Seraph oder nur ein Berggeist mit |450 meiner Schreibtafel und meinen Narrheiten gewahr werde. Mich sehe lieber ein Mensch stehen und schreiben: der wird mild seyn und von seinem eignen Herzen lernen, die Schwächen eines fremden tragen; der gebrechliche Mensch wird es fühlen und vergeben, daß jeder das Nest, worin er sitzt und quiekt und welches das einzige ist, worüber er mit Schnabel und H. hinaussticht, für den Fokus des Universums hält, für eine Frontloge und Rotunda, die sämtlichen Nester aber auf den andern Bäumen für die Wirthschaftsgebäude seines Fokalnestes: ... O ihr guten Menschen! warum ist es möglich, daß wir uns unter einander auch nur eine halbe Stunde kränken? – Ach in dieser gefährlichen Dezember-Nacht dieses Lebens, mitten in diesem Chaos unbekannter Wesen, die die Höhe oder Tiefe von uns entfernt, in dieser verhülleten Welt, in diesen bebenden Abenden, die sich um unser zerstäubendes Erd'chen legen, wie ist es da möglich, daß der verlassene Mensch nicht die einzige warme Brust umschlinge, in der ein Herz liegt wie seines und zu der er sagen kann: „mein Bruder, du bist wie ich und leidest wie ich und wir können uns lieben." – Unbegreiflicher Mensch! du sammelst lieber Dol|451|che auf und treibest sie, mitten in deiner Mitternacht, in die ähnliche Brust, womit der gute Himmel deine wärmen und beschirmen wollte! ... Ach ich schaue über die beschatteten Blumengründe hin und sage mir, daß hier sechstausend Jahre mit ihren schönen hohen Menschen vorüber gezogen sind, die keiner von uns an seinen Busen drücken konnte – daß noch viele Jahrtausende über diese Stätte gehen und darüber himmlische, vielleicht betrübte Menschen führen werden, die uns nie begegnen, sondern höchstens unsern Urnen und die wir so gern lieben würden – und daß bloß ein Paar arme Jahrzehende uns einige fliehende Gestalten vorführen, die ihr Auge auf uns wenden und in denen das verschwisterte Herz für uns ist, nach dem wir uns sehnen. – Umfasset diese eilenden Gestalten; aber bloß aus euren Thränen werdet ihr wissen, daß ihr seid geliebet worden....

– Und eben dieses, daß die Hand eines Menschen über so wenige Jahre hinausreicht und daß sie so wenige gute Hände fassen kann, das muß ihn entschuldigen, wenn er ein Buch macht: seine Stimme reicht weiter als seine Hand, sein enger Kreis der Liebe zerfliesset in weitere Zirkel und |452| wenn er selber nicht mehr ist, so wehen seine nachtönende[n] Gedanken in den papiernen Laube[n] noch fort und spielen wie andre zerstiebende Träume, durch ihr Geflüster und ihren Schatten von manchem fernen Herzen eine schwere Stunde hinweg. – Dieses ist auch mein Wunsch, aber nicht meine Hoffnung: wenn es aber eine schöne weiche Seele giebt, die so voll ihres Innern, ihrer Erinnerung und ihrer Phantasien ist, daß sie sogar bei meinen schwachen überschwillt – wenn sie sich und ein volles Auge, das sie nicht bezwingen kann, mit dieser Geschichte verbirgt, weil sie darin ihre eigne –

ihre verschwundnen Freunde – ihre vorübergezognen Tage – und ihre versiegten Thränen wieder findet: o dann, geliebte Seele, hab' ich an dich darin gedacht ob ich dich gleich nicht kannte und ich bin dein Freund wiewol nicht dein Bekannter gewesen. Noch bessere Menschen werden dir beides seyn, wenn du den Schlimmern verbirgst, was du jenen zeigst, wenn das Göttliche in dir, gleich Gott, in einer hohen Unsichtbarkeit bleibet, und wenn du sogar deine Thränen verschleierst – weil harte Hände sich ausstrecken, die gern sie mit dem Auge zerdrücken, wie man nach dem Regen |453| alle grünen Spitzen des englischen Gartens niederschleift, damit sie nicht weiter keimen....

– Der helle Stern oder Thautropfe in der Aehre der Jungfrau fällt jetzt unter den Horizont – Ich stehe noch hier auf meiner blumigten Erde und denke: noch trägst du auf deinen Blumen, alte gute Erde, deine Menschenkinder an die Sonne wie die Mutter den Säugling ans Licht – noch bist du ganz von deinen Kindern umschlungen, behangen, bedeckt und, indeß Geflügel auf deinen Schultern flattert, Thiermassen um deine Füße schreiten, geflügelte Gold-Punkte um deine Locken schweben, führest du das aufgerichtete hohe Menschengeschlecht an deiner Hand durch den Himmel, zeigest uns allen deine Morgenröthen, deine Blumen und das ganze lichtervolle Haus des unendlichen Vaters und erzählest deinen Kindern von ihm, die ihn noch nicht gesehen haben. –– Aber gute Mutter Erde, es wird ein Jahrtausend aufgehen, wo alle deine Kinder dir werden gestorben seyn, wo der feurige Sonnen-Strudel dich in zu nahe verzehrende Kreise an sich wird gewirbelt haben: dann wirst du verwaiset, mit Stummen im Schoos, mit Todesasche bestreuet, öde und stumm um deine Son|454|ne ziehen, es wird das Morgenroth kommen, es wird der Abendstern schimmern, aber die Menschen alle werden tief schlafen auf deinen vier Welt-Armen und nichts mehr sehen.... Alle – werden es? – Ach dann lege eine höhere tröstende Hand unserem Mitbruder, der *zuletzt* entschläft, den letzten Schleier ohne Zögern über das einsame Auge....

.... Das Abendroth schimmert schon in Norden – auch in meiner Seele ist die Sonne hinunter und am Rande zucket rothes Licht und mein Ich wird finster – die Welt vor mir liegt in einem festen Schlafe und hört und redet nicht – es setzet sich in mir zusammen eine bleiche Welt aus Todtengebeinen – die alten Stunden stäuben sich ab – es brauset wie wenn an den Gränzen der Erde eine Vernichtung anfienge und ich herüberhörte das Zerbrechen einer Sonne – der Strom stockt und alles ist stille – ein schwarzer Regenbogen krümmt sich aus Gewittern zusammen über diese hülflose Erde. ––

–– Siehe! es tritt eine Gestalt unter den schwarzen Bogen, es schreitet über die Juniusblumen ungehört ein unermeßliches Skelet und geht |455| zu meinem Berge heran – es verschlingt Sonnen, erquetscht Erden, tritt einen Mond aus und ragt hoch hinein in das Nichts – das hohe weisse Gebein durchschneidet die Nacht, hält zwei Menschen an den Händen, blickt mich an und sagt: „ich bin der Tod – ich habe an jeder Hand einen Freund von dir, aber sie sind unkenntlich.“

Mein Mund lag auf die Erde gestürzt, mein Herz schwamm im Gift des Todes – aber ich hört' ihn noch sterbend reden.

„Ich tödte dich jetzt auch, du hast meinen Namen oft genennt und ich habe dich gehört – ich habe schon eine Ewigkeit zerbröckelt und greife in alle Welten hinein und erdrücke; ich steige aus den Sonnen in euren dumpfen, finstern Winkel nieder, wo der Menschen-Salpeter anschießet und streich' ihn ab .... Lebst du noch Sterblicher?" ....

Da zergieng mein verblutetes Herz in eine Thräne über die Qualen des Menschen – ich richtete mich gebrochen auf und schauete nicht auf dies Skelet und auf das was es führte – ich blickte auf zu dem Sirius und rief mit der letzten Angst: verhüllter Vater, lässest du mich vernichten? sind |456| *diese* auch vernichtet? endigt das gequälte Leben in eine Zerschmetterung? ach konnten die Herzen, die zertrümmert werden, dich nur so kurz lieben?"

Siehe! da entfiel droben dem nachtblauen Himmel ein heller Tropfen so groß wie eine Thräne und sank wachsend neben einer Welt nach der andern vorbei – als er groß, und mit tausend Farbenblitzen durch den schwarzen Bogen drang: so grünte und blühte dieser wie ein Regenbogen und unter ihm waren keine Gestalten mehr – und als der Tropfen groß-glimmend wie eine Sonne auf fünf Blumen lag: so überfloß ein irrendes Feuer die grüne Fläche und erhellete einen schwarzen Flor, der ungesehen die Erde umfasset hatte – der Flor zog sich schwellend auf zu einem unendlichen Zelte und riß von der Welt ab und fiel zu einem

Leichenschleier zusammen und blieb in einem Grabe – da war die Erde ein tagender Himmel, aus den Sternen stäubte ein warmer Regen von lichten Pünktgen nieder, am Horizont standen weisse Säulen *aufgepflanzt* – von Westen her walleten kleine Wolken herüber, perlen-hell, grünlich-spielend, roth-glühend, und auf jeder Wolke schlief ein Jüngling und |457| sein Athem-Zephyr spielte mit dem rinnenden Dufte wie mit weichen Blüthen und wiegte seine Wolke – die Wogen eines lauen Abendwindes spühlten an die Wolken an und führten sie – und als eine Welle in meinen Athem floß, so wollt' in ihr meine Seele dahin gegeben in ewige Ruhe auseinander rinnen – weit gegen Westen erschütterte eine dunkle Kugel sich unter einem Gewitterguß und Sturm – von Osten her war auf meinen Boden ein Zodiakallicht wie ein Schatten hingeworfen....

Ich wandte mich nach Osten und ein ruhig-großer, in Tugend seliger, wie ein Mond aufgehender Engel lächelte mich an und fragte: „kennst du mich? – Ich bin der Engel des Friedens und der Ruhe und in deinem Sterben wirst du mich wieder sehen. Ich liebe und tröste euch Menschen und bin bei eurem großen Kummer – wenn er zu groß wird, wenn ihr euch auf dem harten Leben wundgelegen: so nehm' ich die Seele mit ihren Wunden an mein Herz und trage sie aus eurer Kugel, die dort in Westen kämpft, und lege sie schlummernd auf die weiche Wolke des Todes nieder."

|458| Ach! ich kenne einige schlafende Gestalten auf diesen Wolken! ...

„Alle diese Wolken ziehen mit ihren Schläfern nach Morgen – und sobald der große gute Gott aufgeht in der Gestalt der Sonne: so wachen sie alle auf und leben und jauchzen ewig.“

O siehe! die Wolken gen Osten glühen höher und drängen sich in Ein Glut-Meer zusammen – die steigende Sonne nahet sich – alle Schlummernden lächelen lebendiger aus dem seeligen Traum dem Wachen entgegen –

O ihr ewig geliebten kenntlichen Gestalten! wenn ich in eure großen himmelstrunknen Augen wieder werde schauen können...

Ein Sonnenblitz schlug empor – Gott ruhte flammend vor der zweiten Welt – alle geschlossene Augen fuhren auf. ––

Ach! auch meine: bloß die Erdensonne gieng auf – ich klebte noch auf der streitenden Abend-Kugel – die kürzeste Nacht war über meinen Schlummer vorübergeeilet als wäre sie die letzte des Lebens gewesen.

Es sei! aber heute richtet sich mein Geist auf mit seinen irdischen Kräften – ich erhebe meine |459| Augen in die unendliche Welt über diesem Leben – mein an ein reineres Vaterland geknüpftes Erdenherz schlägt gegen deinen Sternenhimmel empor, Unendlicher, gegen das *Sternenbild* deiner gränzenlosen Gestalt, und ich werde groß und ewig durch deine Stimme in meinem edelsten Innern: du wirst nie vergehen. ––

Und so wer mit mir sich einer Stunde erinnert, wo ihm der Engel des Friedens erschien und ihm theuere Seelen aus der irdischen Umarmung zog, ach wer sich einer erinnert, wo er zu viel verlohr – der bezwinge das

Sehnen und sehe mit mir fest zu den Wolken auf und sage: ruhet immerhin auf eurem Gewölke aus, ihr entrückten Geliebten! Ihr zählt die Jahrhunderte nicht, die zwischen eurem Abend und eurem Morgen verfließen, kein Stein liegt mehr auf eurem bedeckten Herzen als der Leichenstein und dieser drücket nicht, und euer Ruhen stöhret nicht einmal ein Gedanke an uns....

Tief im Menschen ruht etwas unbezwingliches, das der Schmerz nur betäubt, nicht besiegt – darum dauert er ein Leben aus, wo der beste nur Laub trägt, darum wacht er fast die Nächte dieser westli|460|chen Kugel hinaus, wo geliebte Menschen über die liebende Brust in ein weit entlegenes Leben wegziehen und dem jezigen bloß das Nachtönen der Erinnerung hinterlassen, wie durch Islandes schwarze Nächte Schwäne als Zugvögel mit den Tönen von Violinen fliegen –– du aber, den die zwei schlafenden Gestalten geliebt und in dem sie mir ihren und meinen Freund zurück gelassen, du mein mit ewiger Hochachtung geliebter Christian, o, bleibe hienieden bei mir!

Zu dieser Ausgabe

Zur Textgestalt

Am 7. Juni 1792 schickte Johann Paul Friedrich Richter (1763–1825), der sich in Verehrung des französischen Philosophen Jean-Jacques Rousseau als Autor Jean Paul nannte, das Manuskript seines ersten noch unvollendeten und vermutlich noch titellosen Romans *Die unsichtbare Loge* an den Schriftsteller Karl Philipp Moritz in Berlin. Jean Paul, der den Roman in der Zeit zwischen dem 15. März 1791 und dem Schalttag Ende Februar 1792 niedergeschrieben hatte, erhielt von Moritz bereits am 16. Juni eine Antwort, die aus seiner Begeisterung über das Werk keinen Hehl machte. Umgehend vermittelte der berühmte Schriftsteller und angesehene Professor an der Königlichen Akademie der Künste und Mechanischen Wissenschaften zu Berlin das Manuskript an den Berliner Verleger Karl Matzdorff, dessen 15-jährige Schwester Christiane Friederike Matzdorff er im August 1792 heiratete.

Die Ehe hielt zwar nur fünf Monate, aber Jean Paul nützte die für ihn günstige Situation seines Förderers, indem er diesem bereits einen Monat nach Übersendung der *Unsichtbaren Loge*, am 6. Juli 1792, auch das Manuskript seiner Idylle *Leben des vergnügten Schulmeisterleins Maria Wuz in Auenthal* weiterreichte. „Ich überfalle Sie recht oft, hier bring' ich schon wieder etwas getragen, eine exzentrische Idylle, ein dessin à la plume von einem Geschöpf, dem der sinliche Freudendünger die höhere Sonne vergütet. Auf Ihr Urtheil über seinen Werth oder seine Bogenzahl kömt es an, ob es dem Buch sol beigeleimt werden; aber die ‚7 Worte' werden sich in jedem Falle dazu schicken."

Wieder fiel das Urteil günstig aus, und das kleine Erzählwerk wie auch das den Roman (Biographie) und die Idylle zusammenfassende Nachwort unter dem Titel *Ausläuten oder Sieben letzte Worte an die Leser der Biographie und der Idylle* fanden ebenfalls Aufnahme als Anhang zum zweiten Band der *Unsichtbaren Loge*. Was nur sehr locker zusammengehörte und eher als Vorübung zum Romanschreiben im Februar 1791 entstanden war, ging dann im Januar 1793 zusammen mit der *Unsichtbaren Loge* in Druck und erschien als ein stattliches zweibändiges Romandebüt von 329 und 460 Seiten im Frühjahr 1793. Eine Neuauflage des Konvoluts legte 1822 der Verlag von Georg Reimer in Berlin vor. Die bescheidenen sprachlich-stilistischen Änderungen und orthographischen Glättungen sind unwesentlich und zudem inkonsequent.

Der Text unserer Ausgabe des *Schulmeisterleins Wuz* folgt deshalb konsequent dem Erstdruck als Anhang zum zweiten Band der *Unsichtbaren Loge* im Verlag von Karl Matzdorff in Berlin zeichengenau in Orthographie und Interpunktion. Zudem bietet unsere Ausgabe im Gegensatz zu fast allen Einzelausgaben der Erzählung auch den die Lebensbeschreibung, also den Roman und die Idylle übergreifenden Schlussabschnitt, zu dem Jean Paul bei Übersendung an Karl Philipp Moritz am 6. Juli 1792, unser Vorhaben fast bestätigend, anmerkt: „Ich werde selten eine Stunde haben, wo mein Herz so hoch schlug, wo mir fast alle Sinnen so vergiengen wie in der Geburtsstunde jener

7 Worte." Es sollte nicht sein, dass die kosmische Überhöhung dessen, was der erste Satz der Erzählung auf den berühmten Nenner bringt – „Wie war dein Leben und Sterben so sanft und meerstille, du vergnügtes Schulmeisterlein Wuz!" –, stets editorischer Gedankenlosigkeit oder der Bogenzahl geopfert wird.

Eingriffe in den Originaltext wurden nur bei offensichtlichen Satzfehlern vorgenommen (z. B. wurde „nnd" durch „und" ersetzt) und bei den Eigenheiten in der Auszeichnung der „wörtlichen Reden". Angaben in eckigen Klammern verstehen sich als Konjekturen, Hinzufügungen bzw. Verdeutlichungen des Herausgebers. Textanordnung (Absätze, Leerzeilen, Zentrierungen etc.) und Schriftgestaltung (Punktgröße, Auszeichnungen u. s. w.) geben, ohne ein Faksimile ersetzen zu wollen, in modifizierter Form die originale Situation wieder. Die Ziffern zwischen den senkrechten Haarstrichen markieren die Paginierung des Erstdrucks.

Glossar

Adjudikationstermin: der juristische Terminus bedeutet hier so viel wie „Termin der Zuerkennung“, „Zeitpunkt der Übergabe“

agiren: aufspielen, handeln

ägyptische Plagen: Gott verhängte über das Volk des Pharaos eine Reihe von Katastrophen (Viehpest, Blattern, Hagel, Finsternis, Heuschrecken etc.), um die Freilassung seines Volkes Israel zu erzwingen (vgl. 2. Buch Mose 7,14–12,30)

Aktus: Feier, Zeremonie

Alchemie: oder Alchimie ist die Chemie des vorwissenschaftlichen Zeitalters; sie entwickelte sich im 17. und 18. Jh. insbesondere zur geheimen Kunst des Goldmachens

Allotriis: (griech./lat. Ablativform) allotria bedeutet so viel wie Unfug, Narretei

Alpheus: (griech. Alpheios) Flussgott und Fluss in Griechenland

Alumneum(s): Pensionat, Lehranstalt, Schule, Internatswohnheim

Alumnus: Internatszögling

Amor: (lat.) röm. Liebesgott, als geflügelter Knabe dargestellt

Amts-Revenüen: Amtseinkünfte

Andromeda: Figur der griech. Mythologie, die in poetischer Verklärung unter die Sterne versetzt wurde *angesehen noch kein Reisebeschreiber*: eigenwillige Formulierung Jean Pauls, in dem Sinne zu lesen: „angesichts der Tatsache, dass noch kein Reisebeschreiber“

annulus Platonis: (lat. annulus = Ring) die alchimistische Schrift „Annulus Platonis oder physikalisch-chymische Erklärung der Natur …“ erschien 1781 und ist eine Neuauflage der hermetischen Schrift „Aurea catena Homeri“ (Die goldene Kette/Leiter des Homer), die 1723 in Leipzig erschien; deren Autor ist Anton Joseph Kirchweger (†1746)

Antezessor(s): Vorgänger

Apathie: Teilnahmslosigkeit

Apollo: Sonnengott der griech. Mythologie; auch der Gott der Weisheit und der Künste sowie der Herr der Musen auf dem Parnass

appretirt und sublimirt: fest und glänzend gemacht und veredelt bzw. vergeistigt

Appreturmaschiene: Kleiderpressmaschine; Gerät, mit dem man Stoffen und Kleidungsstücken mittels einer Appretierflüssigkeit Steife und Glanz verleiht

Approchen zur Parterre-Tastatur: Annäherungsversuche an die Fußpedale der Orgel (zu denen der kleine Junge auf der Orgelbank noch nicht hinunterkommt)

a priori: (lat.) aus reinen Vernunftgründen und nicht aus der Wahrnehmung gewonnen (Gegensatz „a posteriori“); hier so viel wie „von vornherein“

arkadisch(en): die griech. Landschaft Arkadien betreffend (= idyllisch, paradiesisch, beschaulich, friedvoll)

Arkturus: Hauptstern im Sternbild des Boötes, des Bärenhüters

Assessor: Beisitzer

Assiette: flache Schüssel, Teller

aufkapfenden: aufblicken, -gaffen, -stieren

Auktionsproklamator: Person, die bei einer öffentlichen Versteigerung die Gebote der Teilnehmer laut ausruft

Autores: (lat.) Autoren, Schriftsteller

Balleien: seit dem Mittelalter die Bezeichnung für die verwaltungsmäßigen Provinzen eines Ritterordens

Band und der Kreole, das: so viel wie „die Verbindung und der Mischling“ (Kreolen: kulturelle und ethnische Mischgesellschaften)

Batzen: ein Batzen war eine Münze von geringem Wert (vier →Kreuzer); demnach sind „Batzen-Flöten“ billige Instrumente für Kinder

Baumschlag: die Weise, wie Ast-, Blatt- und Laubwerk in der bildenden Kunst dargestellt wird

Berggeist: allgemein ein Gespenst, ein Naturgeist im Gebirge

Bettel, den: Zeug, Sache von geringem Wert

Bildersaale, historischen: hier eine Porträtgalerie in Buchform

bileamische [Esel]: nach der Art des sprichwörtlich gewordenen Esels des falschen Propheten und Irrlehrers Bileam (vgl. 4. Buch Mose 22–24), der seinen Esel für seine eigenen Irrtümer schlug

bleirecht: nach dem Senkblei ausgerichtet, senkrecht

bossiert(e): herausgearbeitet

Bouquet: Duft, Geruch

Bratenröcke: scherzhafte Bezeichnung für Gehröcke, da knielange doppelreihige Herrenjacken zumeist zu festlichen Anlässen getragen wurden

brillantirten Zimmers: glänzend gemachtes Zimmer

Büttner: Böttcher, Fassmacher, Küfer

Cherub, ein Seraph, ein: (hebr.) Cherubime und Seraphime sind in der Bibel hohe Engelswesen nächst dem Throne Gottes; Wächter des Paradieses

Chor-Maire: (frz. Maire = Bürgermeister) soviel wie „Herrscher über den Chorraum“

Christi Thränen: Anspielung auf den süßen ital. Dessert-Wein „Lacrimae Christi“

Christi Trank am Kreuz: dieser Wein war mit Galle vermischt (vgl. Mt 27, 34)

Christian: gemeint ist Jean Pauls dritter Jugendfreund Christian Georg Otto (1763–1828); nach dem frühen Tod von Johann Adam Lorenz von Oerthel und Johann Bernhard Hermann (→zwei Menschen an den Händen) blieb er ihm lebenslang verbunden

Comenii orbis pictus: Anspielung auf die 1658 auf Deutsch erschienene Bilderfibel von Johann Amos Comenius (1592–1670); sie trägt den Titel „Orbis sensualium pictus...“ (Die sichtbare gemalte Welt ...) und stellt u. a. die Lebensabschnitte des Menschen in Form einer siebenstufigen Pyramide, einer sog. Lebenstreppe, dar

corporibus piis, in zwei: (lat.) in zwei frommen Körperschaften

Courtage: Cour-Tage, Hof-Tage, Hofhaltungstage

D. Fausts Mantel: schon der Dr. Faust des Volksbuchs besaß einen Zaubermantel, auf dem er fliegen konnte

Darrofen: heizbarer Trockenschrank zur Entwässerung von Obst, Malz, Hopfen und Getreide

Data: (lat.) Daten; wird in der zweiten Ausgabe durch „*Musivstifte*“ ersetzt (vermutlich Stifte zum Vergolden)

Deklination: Formenabwandlung oder Beugung der Hauptwörter etc.

dekretirte: erließ eine Verfügung

delikat(er): auserlesen fein, zartfühlend

dephlogistisierten: feuerbeständigen

deponiren: niederlegen, hinterlegen, in Verwahrung geben

Deshabillée: (frz. Déshabillé) eigtl. dekolletiertes Morgenkleid; hier aber wörtlich (= entkleidet) zu verstehen; so viel wie „barfuß“

dessus de porte: (frz.) Oberteil der Türe, Türsturz

Dionysius Ohr: Grotte in den antiken Steinbrüchen von Syrakus, die der Tyrann Dionysios I. (um 430–367 v. Chr.) als Gefängnis nutzte; ihre Akustik ermöglichte es ihm außerdem, seine Gefangenen ungesehen zu belauschen

distillierten: gereinigten, geläuterten

Dorf-La-Bonne: (frz. bonne = Dienstmagd) ironisierende Charakterisierung der Dorfmagd

Dorf-Stoa: ironischer Vergleich des Schulhauses mit dem Versammlungsort der um 300 v. Chr. gegründeten Philosophenschule der Stoiker; sie wandelten philosophierend in einer Säulenhalle, der Stoa, auf und ab

Doublette: (frz.) Doppelstück; hier ein identisches zweites Stück

dozierte: (lat.) lehrte, unterrichtete

Draht-Karthause(n): Drahtkäfig (Karthause = Kartäuserkloster)

Eden: Paradiesgarten laut 1. Buch Mose

edierte: herausgab

Effekten: beweglicher Besitz, Wertpapiere

Elaborationen: (lat.) Machwerke; Ausarbeitungen (mit diesem Wort ersetzt Jean Paul in der zweiten Auflage das Fremdwort)

Elegant: (frz.) Stutzer; auffällig modisch gekleideter Mann

Eleven: früher ein allg. Begriff für „Schüler“; heute eher Bezeichnung für Auszubildende in künstlerischen Berufen

elisäisch(e)/elysäisch(en): wie im Elysium, im Land der Seligen; paradiesisch, wonnevoll

Elle(n): Längenmaß (1 Elle = ungefähr 60 cm)

Encyklopädist: Mitarbeiter an einem umfangreichen Nachschlagewerk; im Spezifischen hier in Anspielung auf die Mitarbeiter an der von Denis Diderot und d'Alembert herausgegebenen „Encyclopédie ou Dictionnaire raisonné des sciences, des arts et des métiers" (1751–1780) verwendet

Engelsfittich: Engelsflügel

Esel, wie der metaphysische: angetönt ist das Bild von dem Esel, der zwischen zwei Heuhaufen verhungert, weil er sich für keinen entscheiden kann; das Gleichnis für die Unfreiheit des Willens ist uralt, wird aber dem frz. Philosophen, Logiker und Physiker Johannes Buridan (14. Jh.) zugeschrieben und ist nach diesem als „Buridans Esel" bekannt

Eselskinnbacken eine Quelle: vgl. Buch der Richter 15,15ff.

Examinater: [Examinator] Prüfer

Examinations-Kollegium: Prüfungsausschuss

Exception: Ausnahme

Excerpte(n): Auszüge aus Schriften oder Büchern; Jean Paul fertigte umfangreiche Auszüge in seinen sog. Exzerptenheften und Zettelkästen

exerzieren: ausüben, üben

Exk[l]amationen: Ausrufungen

Fahnenjunkerin: weibliche Form zu Fahnenjunker (= Fähnrich); so wie der jüngste Offizier gleichzeitig der Fahnenträger der Kompanie ist, schwenkt sein weibliches Gegenstück ein Taschentuch

Fakultäten: Gruppen zusammengehöriger Wissenschaften an einer Universität, jenseits der Theologie

Federschen Traktat: gemeint ist die Abhandlung „Über Raum und Causalität, zur Prüfung der Kantischen Philosophie" (1787) von Johann Georg Heinrich Feder (1740–1821)

Finkenkloben: gespaltener Holzklotz zum Vogelfang

Fixstern-Aberration: in der Astronomie das Phänomen der scheinbaren Eigenbewegung der Fixsterne

Fokalnestes, seines: seines im Brennpunkt befindlichen Nestes

Fokus: Brennpunkt

Folioziffern: Ziffern im Folioformat (hier als Nummer des zu singenden Kirchenliedes auf der Anschlagtafel)

128 Format: ein fünffach gefalteter Bogen ergibt 64 Blatt, also 128 Seiten

Forsters, Brydone, Björnstähls: der Naturforscher und Schriftsteller Johann Georg Forster (1754–94) [er begleitete James Cook (→Kookische Reise) auf seiner zweiten Südseereise], der schott. Reiseschriftsteller Patrick Brydone (1741–1818) [er verfasste Reiseberichte über Sizilien und Malta], der schwed. Orientalist Jakob Jonas Björnståhl (1731–79) [er ist Verfasser einer Reisebeschreibung durch Frankreich, Italien, der Türkei und Griechenland]

Fötus, physiognomischen: zum einen Bezeichnung für die Leibesfrucht vom dritten Monat an; zum anderen im Sinne von „die Physiognomie (= Gesichtsausdruck) betreffend"; in der Kombination eins der vielen sonderlichen Bilder Jean Pauls: hier wohl so viel wie „Kopfgeburt"

Fraktur: gebrochene deutsche Schreib- oder Druckschrift

Frakturen: Verletzungen, Verwundungen

Franze: Franse, Ziersaum

frappiren: überraschen, in Erstaunen versetzen

Freimäurer-Geheimnisses: die Gesellschaften (Logen) der Freimaurer, die besonders im 18. Jahrhundert von großer Bedeutung waren, gelten bis heute wegen ihrer Rituale und Symbole als geheimnisvoll und undurchschaubar

Freuden-Manuale: Handbuch der Freude

Friedrich Nikolai: der Verleger und Schriftsteller Christoph Friedrich Nicolai (1733–1811) war ein einflussreicher Vertreter der Berliner Aufklärung

Fronte: (ital.) Front-, Haupt-, Stirnseite; militärsprachlich „in vorderster Gefechtslinie"

Fürstenschule: hervorragende Schule wie die sächsischen Fürstenschulen St. Afra in Meißen und Schulpforta

Gallerieinspektor: Direktor einer Bildersammlung

Gedike(ns): Friedrich Gedike (1754–1803) war ein aufklärerischer Pädagoge und Schulreformer

gesponselt: zusammengebunden, gefesselt

Gillet: (frz.) ärmellose Weste zum Anzug

goldne(n) Bulle: (lat. bulla = Kapsel) Analogie zur goldgesiegelten Urkunde, in der das Verfassungsgesetz des Heiligen Römischen Reiches Deutscher Nation 1356 von Kaiser Karl IV. festgeschrieben war

Gott in der Höh' sei Ehr': Text und Melodie des evangelischen Kirchenlieds „Allein Gott in der Höh sei Ehr" (1523) stammen von Nikolaus Decius; das Lied ist eine Umformung des lat. Hochgesangs „Gloria in excelsis Deo"

grand monde: (frz.) die Welt der vornehmen, der besseren Gesellschaft

Groschen: kleine Münzeinheit; 24 Groschen = 1 →Thaler

Guardian: (= Wächter, Hüter) Hausoberer in den Ordensgemeinschaften, die der Minderbrüderregel folgen, also bei den Franziskanern, Kapuzinern, Minoriten und Klarissen (Schwester Guardiana)

Gulden: süddt. Goldmünze bis 1872

Gyges-Ring: mit Hilfe eines unsichtbar machenden Rings beseitigte der Hirte Gyges den König Kandaules von Lydien und machte sich nach Plato (unter etwas anderen

Umständen auch nach Herodot) selbst zum sagenumwobenen Herrscher des Landes

Gymnasiarch: (griech.) in ironischer Überhöhung „Leiter der Lehranstalt"

Haar-Chignon: Nackenknoten, geflochtener Haarknoten

Haarkräuslerin: Haarbinderin, Friseuse

hallischen Waisenhause: 1698 gegründet als Teil der Franckeschen Stiftungen in Halle, die von dem Theologen und Pietisten August Hermann Francke (1663–1727) ins Leben gerufen worden waren

Härenhemd: grobfaseriges Hemd; Büßergewand

Hatztage: Tage, an denen man sich gehetzt fühlt

Herbario, in einem: in einer Sammlung getrockneter und gepresster Pflanzen, in einem Kräuterbuch

Herkules: →herkulische Arbeit

herkulische Arbeit: Herkules (griech. Herakles), der ruhm- und tatenreiche Held des griech. Mythos, hatte zwölf äußerst schwierige Aufgaben zu erledigen

Herzgespann des Passens: ein Gebrechen bzw. eine Krankheit des Herzens („Grimmsches Wörterbuch") durch allzu langes Abwarten bzw. Aussetzen (passen = aussetzen beim Kartenspiel)

Hexameter: aus sechs Versfüßen (→pes) bestehender epischer Vers (zumeist Daktylen mit einer langen und zwei kurzen Silben) mit Zäsur; Wuz hat bei Einhaltung der metrischen Regel Schwierigkeiten (insbesondere bei der Zäsur/Spalt/Extraspalt) und handhabt sie mit poetischer Freiheit, indem er nur Unleserliches aufs Papier kritzelt

Hierarch(en): oberster Priester

Hochzeittrift: (Trift = eigtl. Wiese, Weide) hier „Hochzeitstreiben"

Homer (Ende des 8. Jh.s v. Chr.): griech. Dichter, Verfasser der „Ilias" und der „Odyssee"

hotel de Baviére [Bavière= Bayern]: viele gastronomische Einrichtungen trugen damals diesen Namen; vermutlich meint Jean Paul aber das 1768 in Leipzig gegründete Hotel gleichen Namens

Hymen: der schöne Gott der Hochzeiten, dessen Attribute Fackel und Schleier waren; hier auf den Bräutigam selbst übertragen

illuminieren/illuminir(en): ausmalen, kolorieren

indifferentistische: unentschiedene (Indiffentismus ist eine theologisch-philosophische Position im 18. Jh.)

Inkulpaten: Angeschuldigte, Beschuldigte

inrotulirt: (neulat.) bei den Akten verzeichnet und eingeheftet

Interpolation: (lat.) unberechtigte spätere Einfügung, Erweiterung oder Veränderung eines Quellentextes

interpoliere: →Interpolation

inventierte: eine Bestandsaufnahme machte

investieret: (ins Amt) eingesetzt

Ixions Rad: zur Strafe für seine Verbrechen ließ Zeus den thessalischen König Ixion auf ein Feuerrad binden, das an den Himmel versetzt wurde

Jenner: Januar

Johanna Therese Charlotte Mariana Klarissa Heloise Justel: die Beinamen erinnern an die Heldinnen zeitgenössischer Romane

Jungfrau: Sternbild zwischen dem Sternzeichen Löwe und Waage

Junius ... mit einer Sense: wegen der Erntetätigkeit in den Monaten Juni und Juli werden diese Monate seit dem Mittelalter mit einer Sense dargestellt

Kaiserin (die vorige), die russische: Jelisaweta Petrowna Romanowa, Kaiserin Elisabeth I. von Russland (1709–1762)

kallygraphischen Meisterstück: Meisterstück der Schönschreibkunst

Kallypädie: (griech.) Kallipädie bedeutet so viel wie „Erziehung zum Schönen“ und meint sowohl Erziehung zur körperlichen als auch zur moralischen Schönheit

Kanaan: Bezeichnung für das dem Abraham und seinen Nachkommen versprochene Land: das Gelobte Land (der Kindheit)

Kandidaten: allg. Anwärter; hier im Sinne von Theologiestudenten als Anwärter auf ein geistliches Amt

Kanikularferien: die Ferien zur Zeit des Sternbilds des Großen Hundes (23. Juli bis 23. August), also die Sommerferien

Kanker-Spinnwarzen: Kanker oder Weberknechte stellen eine Ordnung der Spinnentiere dar

kanonische Mohren-Enveloppe des Mantels, die: die vorschriftsmäßige schwarze Hülle des Mantels

kanonische Urkunden: hier im Sinne von „die rechtmäßigen, die originalen Dokumente“

Kantor(es)/Kantner: (lat.) Vorsänger, Leiter des Kirchenchors; Organist(en)

Kanzellied: ein Lied, das die Gemeinde im ev. Gottesdienst beim Gang des Predigers auf die Kanzel oder kurz nach dem Beginn der Predigt anstimmt

Kapfenster: kleines vorspringendes Dachfenster; Dachgaube (-gaupe)

Karminati: der Professor für Therapeutik, Bassiano Carminati (1750–1830) aus Pavia, beschäftigte sich mit den medizinischen Anwendungsmöglichkeiten des Magensaftes, worüber er 1785 eine lange Abhandlung vorlegte: „Ricerche sulla Natura…“ (Untersuchungen über die Natur und den verschiedenen Gebrauch des Magensafts in der Arzneywissenschaft und Wundarzneykunst)

Katarakte(n): (griech./lat.) Sturzbäche, Wasserfälle

katechesieren: den Katechismus, das Glaubenslehrbuch, abfragen; Religionsunterricht erteilen; in der spezifischen Form „herumkatechesieren" mit negativem Akzent, also so viel wie „schulmeistern"

Kazike(n): Anführer, Häuptling bei Indianerstämmen in Süd- und Mittelamerika

Kirchenagende, vor der: gemäß Kirchenhandbuch, Gottesdienstordnung

Kloset: (frz.) hier im Sinne von kleines, geschlossenes Zimmer, vergleichbar dem Begriff ‚Kabinett' gebraucht

Kobers Kabinetsprediger: das Anleitungswerk „Der aufrichtige Cabinett-Prediger..." von Gottlieb Cober (1682–1717), einem theologischen Schriftsteller, erschien 1711, wurde wiederholt aufgelegt und erfreute sich großer Beliebtheit. Wegen seiner freimütigen Äußerungen wurde Cober von der Zensur verfolgt und von der Obrigkeit verhaftet.

Koketten: gefallsüchtige, eitle Frauen, Dirnen

Kollaboratores: (lat.) Hilfslehrer

kolorirt: farbig bemalt

Kommodator: (lat.) Bildung Jean Pauls: Stifter der Bequemlichkeit

Königs von Preußen, des: hier ist nicht der 1793, beim Erscheinen der „Unsichtbaren Loge" amtierende König Friedrich Wilhelm II. von Preußen gemeint, sondern sein Vorgänger auf dem preußischen Thron, König Friedrich II., der Große, der in seinem Rang als Schriftsteller ironisch dem „schriftstellernden" Schulmeisterlein an die Seite gerückt wird

Konklavisten: hier in der Bedeutung von „die in der Schule eingeschlossenen Zöglinge" (vergleichbar den Kardinälen bei der Papstwahl im Konklave)

Konterfei: (frz.) Abbildung, Bildnis, Porträt einer Person

Konvictorien: dem Klosterleben nachgebildete Studienhäuser oder Wohngemeinschaften für Auszubildende in kirchlichen Bereichen

Kookische Reise: Anspielung auf die zweite Südseereise 1772–75 des engl. Seefahrers James Cook (1728–1779), auf der er den südlichen Polarkreis überquerte. An dieser Reise nahmen auch Vater und Sohn →Forster teil.

kopuliert: verheiratet, ehelich verbunden, getraut

Koth-Rotunda: runder Bau aus Kot; hier so viel wie Schwalbennest

kouleurten Meßgewand: (von frz. couleur = Farbe) gefärbtes, farbiges Messgewand

Krankenlabung: Erquickung, Ergötzung, Stärkung des Kranken

Krempen/krempte: veraltet für krempeln = falten, falzen; krumpelte

Kreuzer: Münze von geringem Wert

Kreuzschule: vermutlich Anspielung auf das ev. Kreuzgymnasium in Dresden, das auch andernorts kopiert wurde

Kruditäten: Derbheiten, Rohheiten, Grobheiten; hier im Sinne von „unverdaulichen, rohen Nahrungsmitteln“

Kurhut: Analogie zum Hut eines Kurfürsten bei der Königswahl

Langens geistliches Recht: „Das Geistliche Recht der Evangelisch-Lutherischen Landesherren und ihrer Unterthanen in Teutschland“ (postum 1786) war ein Handbuch des Kirchenrechtlers Heinrich Arnold Lange (1724–1783)

Läsionen: Schädigungen, Verletzungen

Lavaters Fragmente(n): gemeint ist das mehrbändige Standardwerk der physiognomischen Forschung des Schweizer Schriftstellers Johann Caspar Lavater (1741–1801)

mit dem Titel „Physiognomische Fragmente, zur Beförderung der Menschenkenntniß und Menschenliebe" (1775ff.)

legieren: eindicken; hier im Sinne von „etwas vermachen" (ein Legat erteilen)

Leibnitzens vorherbestimmten Harmonie, aus: die Frage nach der allen Dingen innewohnenden Ordnung ist ein Grundgedanke der Lehre des aufklärerischen Philosophen Gottfried Wilhelm Leibniz (1646–1716); er verwendet allerdings den Terminus „prästabilierte Harmonie"

letzen: veraltet für „laben", „erquicken"

li quatri illiterati: (ital. korrekt: i quatro illeterati) „die vier Analphabeten"

Livréefarbe: Farbe der uniformähnlichen Dienerkleidung, Arbeitskleidung

Logement: (frz.) Wohnung

Loretto-Häusgen: Geburtshaus der hl. Maria in Nazareth, das um 1294 der Legende nach von Engeln nach Loreto in Italien gebracht worden sein soll. Die sog. Casa Santa, das Heilige Haus, wird dort von einer mächtigen Kuppelkirche überwölbt und ist nach Rom der wichtigste Wallfahrtsort Italiens.

Lustrum: (lat.) altrömisches, alle fünf Jahre stattfindendes Reinigungsfest; später ein Zeitraum von fünf Jahren

Lyzeum(s): (griech.) Lehrstätte im antiken Athen; später Bezeichnung für Höhere Lehranstalt, insbesondere für Mädchen

Maschienengott: (von lat. „deus ex machina") der Begriff aus der griech. Theaterpraxis bedeutet im übertragenen Sinne hier so viel wie: Wuz findet eine unerwartete Problemlösung

mazerierte: (bis auf die Fasern) zerfallen ließ

Medea: Königstochter der griech. Mythologie, die aus Rache ihre Kinder tötete; Dramen von Euripides (um 480 – um 406 v. Chr.) und Seneca (um 4 v. Chr. – 65 n. Chr.); der Sage nach verfügte sie über Zauberkräfte, verjüngte Aison, den alten Vater ihres Gatten Jason, indem sie ihn zerstückelte und mit Kräutern in einem Kessel kochte

Melioration: Verbesserung, Aufstieg

Menschen-Salpeter: der von den Stallwänden ausblühende und abgekratzte Salpeter wurde zur Herstellung von Medikamenten benutzt oder dem Viehfutter beigemengt; hier ein kühner Vergleich mit dem Menschen

Menses: (lat. = Monat) Menstruation, Monatsblutung

Messiade: das biblische Epos „Der Messias" von Friedrich Gottlieb Klopstock (1724–1803) erschien in den Jahren 1748 bis 1768 mit großen Zwischenpausen; erst nach weiterer Pause erschienen 1773 die letzten fünf (nicht drei) Gesänge in Halle

Meßkatalog: Verzeichnis der Neuerscheinungen der Buchmesse

Meßproduckt, jedes neue: jede Neuerscheinung auf einer Buchmesse, auf dem Buchmarkt

Metapher: sprachliche Wendung mit übertragener Bedeutung, bildliche Redeweise

Methodisten von der strengen Observanz: orthodoxe Abspaltung von der Vereinigung der methodistischen Kirche in der wesleyanischen Tradition

metrisch: hier im Sinne von „nach Maß und Ordnung"

Michaelis-Grummet: der letzte Nachgrasschnitt um den Michaelistag (29. September); im übertragenen Sinne „die Bücher der Herbstbuchmesse oder Michaelismesse"; →Ostermeß-Heu

Misanthropin: eine „menschenfeindliche" Ausbildungsanstalt; Gegenbildung Jean Pauls zu →Philanthropin

moralisch: hier im Sinne von „seelisch" oder „psychisch"
mortificiren: kränken, tief demütigen
Mortifikationen: Ertötungen (mit diesem Wort ersetzt Jean Paul in der zweiten Auflage das Fremdwort)
mouchoir de Venus: (frz.) Taschentuch der Venus, der Göttin der Schönheit und der Liebe
moussirte: (frz.) schäumte, brauste
Nil: hier ist der Nil-Gott gemeint; die vergöttlichte Personifikation des Flusses trägt den Namen Hapi
Nominalschule: mit diesem Begriff charakterisiert Jean Paul den traditionellen Schultypus; er erscheint ihm im Gegensatz zur erstrebten „Realschule" in ihrer Methodik und Didaktik zu abstrakt und lebensfern; allerdings distanziert er sich auch von der Realschule des in seinem Text beschriebenen Typs
Norcia an dem appenninischen Gebirg: (lat. Nursia) die italienische Stadt in Umbrien liegt im Schatten der Monti Sibillini, die Teil des Apennins sind, der die italienische Halbinsel von Nordwesten nach Südosten durchzieht
Nößel: altes Hohlmaß, etwa 1/2 Liter
Novizenmeister: Betreuer der Neumitglieder (Postulanten, Novizen) einer Ordensgemeinschaft während ihrer Erprobungszeit
nürnbergische(r) Pferde: Spielzeugpferde aus Nürnberg; die Stadt war ein Mittelpunkt des Handels und der Produktion von Spielwaren
O wie schön ist Gottes Erde: die hier im Text eingerückte Liedstrophe ist die letzte Strophe des Gedichts „Aufmunterung zur Freude" von Ludwig Christoph Heinrich Hölty (1748–1776); bei ihm begann die Strophe: „O wunderschön ist …"
Obstruktion: Verstopfung (mit diesem Wort ersetzt Jean Paul in der zweiten Auflage das Fremdwort)

Okulier-Gabel: Veredelungsgabel (analog zur Methode der Pflanzenveredelung)

opera omnia: (lat.) sämtliche Werke

Orangerie: beheizbares Gewächshaus zum Überwintern exot. Gewächse

Ornat: feierliche Amtstracht

Ostermeß-Heu: der erste Grasschnitt im Frühjahr; im übertragenen Sinne „die Bücher der Ostermesse"; →Michaelis-Grummet

Pagina: (lat.) Seite

palais royal: das 1627–29 für den Minister und Kardinal Richelieu in Paris erbaute Schloss; später im Besitz der Krone, wurde die Residenz um 1789 ein Treffpunkt der Freigeister und Revolutionäre und das Zentrum des Pariser Nachtlebens

palingenesierende Abendstunde: wiedergeburtliche Abendstunde

Panse: (Nebenform zu mitteldt. und niederdt. Banse) Lagerraum in der Scheune

papillotirten/Papillotten: (frz. papillote = Lockenwickler aus einer Papierhülse) kräuselten ein, hüllten ein, wickelten ein

paraphrasieren: verdeutlichend umschreiben

Parisische Bluthochzeit: in der sog. Bartholomäusnacht vom 23. auf den 24. August 1572 wurden in Paris auf Betreiben der Königinmutter Katharina von Medici die Anführer der Hugenotten und Tausende Pariser Protestanten, die zur Hochzeit des protestantischen Heinrich von Navarra (später König Heinrich IV.) mit Margarete von Valois nach Paris gekommen waren, in einem Pogrom grausam ermordet

Parochie: Kirchsprengel (mit diesem Wort ersetzt Jean Paul in der zweiten Auflage das Fremdwort)

Parüre: Schmuckgarnitur; hier eher Amtstracht
Passionstages, eines solchen: eines solchen Leidenstages
Patronatskirche: der Begriff bezeichnet die Herrschaft eines Landes- oder Grundherrn oder einer Gebietskörperschaft über eine Kirche, die auf seinem bzw. ihrem Gebiet liegt; das Patronat beruht auf der Stiftung der Kirche und umfasst besondere Rechte und Pflichten in Bezug auf die Kirche sowie im Verhältnis zu ihrer Gemeinde
peristaltisch(en): die Verdauung betreffend, den Darm betreffend
Perücken-Wammen: Bauchteil, Bauchstück der Perücken
pes: (lat. = Fuß) hier ‚Versfuß"
Pfennig: kleine Münzeinheit →Thaler
Philanthropin: eine Schule nach „menschenfreundlich"-aufklärungspädagogischen Kriterien; als vorbildlich galt das von dem Pädagogen Johann Bernhard Basedow (1724–1790) gegründete „Philanthropin" in Dessau, eine „Pflanzschule der Menschheit"; Gegenbildung von Jean Paul →Misanthropin
physiognomische Fragmente: →Lavaters Fragmente(n)
Pikeschen: Pikesche oder Pekesche ist ein nach polnischer Husarenart geschnittener Studentenrock (später besonders beliebt bei Studentenverbindungen)
platonischen und der epikurischen Reize, der: nach den Theorien Platons und Epikurs werden die erotischen Reize rein geistig-ideell oder rein sinnlich-körperbetont gedeutet
Possen, ihm zum: redensartlich für „um ihm einen Streich zu spielen", „um ihn zu ärgern"
Posthumus von Postskript, in einem: in einem Nachtrag (eigtl. Nachgeborener) zu einer Nachschrift
Postille: Erbauungs- bzw. Andachtsbuch, Predigtbuch

Potentaten: Herrscher, Fürsten, Monarchen, Machthaber
Präfektus: (lat.) Betreuer der Schüler in der Freizeit und bei Hausaufgaben
pragmatische: praktische
Prämissen: Voraussetzungen
Präservations-Zuchthaus: Vorbeugungs-, Verhütungs-Zuchthaus
Primaner: Schüler der Abschlussklasse eines Gymnasiums
Propheten, die vier großen und die 12 kleinen: das sind: Jesaja, Jeremia, Hesekiel, Daniel; Joel, Hosea, Amos, Obadja, Jona, Micha, Nahum, Habakuk, Zefanja, Haggai, Sacharja, Maleachi
Quadratur des Zirkels: das geometrische Problem, aus einem gegebenen Kreis ein Quadrat gleichen Flächeninhalts zu konstruieren, ist bis heute ungelöst
Quartblatt: →Quarto
Quarto, in: im Quart-Format, also in der Größe eines Viertelbogens, das sind 8 Seiten
Quaste: Ziertroddel
Queerfolio: großes Buchformat in der Größe eines halben Druckbogens (also einmal gebrochen); das sind 2 Blätter (Folien) oder 4 Seiten, die allerdings in diesem Falle quer gebunden werden
Quintaner/Quinta: (lat.) Schüler einer Quinta; entspricht heute in etwa der sechsten Klasse eines Gymnasiums
rapportiren: melden, berichten
räsonnieren(den) Katalog: kommentierten, erklärenden Katalog
referieren(de): vortragen, vorstellen
Regel Detri, in der: im Dreisatzrechnen
Regent: Herrscher, Fürst; hier in ironischer Verwendung
Reichshofraths-Kanzlei: der Reichshofrat in Wien war neben dem Reichskammergericht das oberste Gericht im Hei-

ligen Römischen Reich; seine Kanzlei war u. a. zuständig für die Reichslehen und die kaiserlichen Privilegien

Reichsvikariat: Reichsverweseramt im Falle der Minderjährigkeit oder bei langer Abwesenheit des Kaisers

Reiskohle: Reiß- oder Zeichenkohle

Rektangulum: (lat.) Rechteck

Repositorium: (lat.) Regalbrett, Büchergestell

Residentin von Bouse: Figur aus Jean Pauls Roman „Die unsichtbare Loge"

Resignation: Verzicht

Retourfuhre: Zurück- oder Rückfuhre, Rückfahrt

Revenüe: →Amts-Revenüen

Revision des Schulwesens: das 16-bändige Werk des Pädagogen Joachim Heinrich Campe (1746–1818) erschien 1785 bis 1792; Jean Paul war – entgegen dem Eindruck, den der Text vermittelt – kein Mitarbeiter an diesem Werk

Rindshaar-Touren: Rinderhaarlocken

Ripinist: (ital.) Orchestermeister oder Sänger zur Verstärkung der Hauptstimme ohne solistische Funktion

Robinson(en): gemeint ist der Roman „The Life and Strange Surprizing Adventures of Robinson Crusoe, of York, Mariner: …" (1719) von Daniel Defoe (1661–1731)

Römer: der Rathausplatz von Frankfurt am Main war und ist gesäumt mit renommierten Gasthäusern

Rotunda: Rundbau

Rousseauische(n) Spatziergänge(n): Jean Paul war ein großer Verehrer des eidgenössisch-französischen Schriftstellers Jean-Jacques Rousseau (1712–1778). Die Anspielung erinnert an Rousseaus Spätwerk „Les Rêveries d'un promeneur solitaire" (Träumereien eines einsamen Spaziergängers), das 1782 aus dem Nachlass veröffentlicht wurde

Rousseau's Bekenntnisse: das berühmte Bekenntnisbuch von Jean-Jacques Rousseau (1712–78) „Les Confessions" erschien erst nach seinem Tode 1782–1788

Rudera: (lat.) Ruinen und Steinhaufen vergangener Zeiten; hier allg. so viel wie Überbleibsel, Reste

Säkula: (lat.) Jahrhunderte

Saladière: Salatschüssel

sans façon: (frz.) ohne Umstände

Sanssouci: (frz.) „ohne Sorge"; so nannte Friedrich der Große die von ihm erbaute Schloss- und Parkanlage in Potsdam; die Anlagen umfassten auch eine Antikensammlung

Saucière: Soßenschüssel

Schädelstätte: im Speziellen Erinnerung an den biblischen Ort der Kreuzigung Jesu auf dem Berge Golgatha, wo gemeine Verbrecher und Gotteslästerer hingerichtet wurden; allg. so viel wie Hinrichtungsstelle, Richtstätte

Schleifer: Bauerntanz

schnackisch(em): scherzhaft, schnurrig

Schnupftuch-Fahnenjunkerin: →Fahnenjunkerin

Schnurpfeifereien: närrische, verrückte Einfälle

Scholastiker: Anhänger der mittelalterlich-dogmatischen Schulphilosophie; abschätzig für „spitzfindiger Mensch"

Schoosjünger: Lieblingsjünger

schottische Meister: hoher Grad bei dem Geheimorden der Freimaurer

Schul-Konsul(s): oberster Schul-Beamter analog den obersten Beamten der röm. Republik

[Schulz] von Paris: Joachim Christoph Friedrich Schulz (1762–1798) ist der Verfasser des Buches „Ueber Paris und die Pariser" (1791)

Schwalben-Scharmuzieren: Liebesgeplänkel der Schwalben

Schwedenzeit: die Zeit des Dreißigjährigen Krieges

Scibile: (ital.) Wissen
Sedez: sechzehner Buchformat, bei dem der Bogen 16 Blätter und 32 Seiten hat
Sedezimo: Buchformat
Sekundaner/unterer Sekundaner: Schüler der heutigen 10. und 11. Klasse eines Gymnasiums
Semiotik: Zeichenlehre; hier die Lehre von den Anzeichen der Krankheit und des sich ankündigenden Todes
Seraph: →Cherub
Sessionen: Sitzungen
Sieben letzte Worte: der Titel ist in Analogie zu den „Sieben letzten Worten Jesu am Kreuz" gesetzt, wie sie im Neuen Testament überliefert werden
silhouettirte, das er: von dem er einen Schattenriss machte, das er skizzierte
Sirius: der hellste Stern im Sternbild des „Großen Hundes"; seit der Antike bekannt und in vielfachen Namensdeutungen findet er sich in den Mythen, Religionen und Gebräuchen zahlreicher Kulturen
Sysiphus Stein der Weisen: hier bindet Jean Paul in dem Wort Stein zwei Bilder zusammen: zum einen die Qualen des Sisyphus, der nach der griech. Mythologie zur Strafe unermüdlich auf einen Berg einen großen Stein wälzen muss, der ihm kurz vor dem Ziel wieder hinunterrollt; zum anderen die alchimistischen Bemühungen um die Herstellung des sog. Steins der Weisen, mit dessen Hilfe man aus unedlem Stoff Gold machen wollte
Skarteke(n): (Scharteke) Schmöker, wertloses altes Buch
Skribenten: Schreiber, Schriftsteller
Souper: (frz.) festliches Abendessen
spezificieren/Spezifikation: (frz.) auseinanderlegen, einzeln aufführen / Darlegung im Einzelnen
Sphären-Musik: himmlische, überirdische Musik nach einer

Theorie des griech. Philosophen Pythagoras (um 570 bis um 497/96 v. Chr.)

Sponsalien: (lat.) Verlöbnis, Eheversprechen, Ehevertrag

Sportularium: (lat. sportula = Geschenkkörbchen) Spendenbuch; hier Einnahmebuch (mit diesem Wort ersetzt Jean Paul in der zweiten Auflage das Fremdwort)

Spuhle: die Federspule ist der untere Teil des Federkiels; sie ist hohl und wird zugespitzt als Schreibfeder verwendet

Stiftshütte: seit Luthers Bibelübersetzung das transportable Heiligtum der Israeliten auf ihrer Wüstenwanderung nach dem Muster des Tempels zu Jerusalem mit den Heiligtümern des Glaubens (Bundeslade, Schaubrottisch etc.)

Stimmstock: ein stützendes Holzteil im Inneren von Streichinstrumenten zur Verbesserung der Klangqualität

Strangurie: Schnupfen (mit diesem Wort ersetzt Jean Paul in der zweiten Auflage das Fremdwort); eigtl. schmerzhafter Harndrang

Streich, oder Leichteich ... ihr Streckteich: diverse Gewässer mit einer jeweiligen Sonderfunktion zur Aufzucht der Fische

Streitkolbe des Fächers: Kampfkeule; hier übertragen auf die Stäbe des Fächers

Sturms Betrachtungen ... Schillers Räuber ... Kants Kritik ...: während Schillers „Räuber" und Kants „Kritik der reinen Vernunft" im Jahr 1781 erschienen sind, waren Christoph Christian Sturms (1740–1786) „Betrachtungen über die Werke Gottes im Reiche der Natur und der Vorsehung auf alle Tage des Jahres" in der verbesserten Ausgabe bereits 1775/76 erschienen

Subpräfektus: der Hilfspräfekt; →Präfektus

Superintendenten: (wörtl. Aufseher) in der ev. Kirche der leitende Geistliche eines Kirchenkreises; in den ev.

Landeskirchen in Süddeutschland auch Kreispfarrer oder Dekan genannt

Supernumerär-Magensaft: überschüssiger Magensaft

Sylphiden: weibliche Luft- und Elementargeister

Symbolum Athanasii: das Glaubensbekenntnis in lat. Sprache in der Fassung des griech. Kirchenvaters Athanasius (um 298–373)

Tempe-Thal: Durchbruchstal des nordgriech. Flusses Penaios zwischen Olymp und Ossagebirge; das Tal ist außergewöhnlich schön, ganzjährig grün und angenehm kühl

Territorialherrschaft: Gebietsherrschaft; Ausübung der öffentlichen Gewalt in einem bestimmten Bezirk

Terzius: (lat.) Amtsbezeichnung dem Rang der Stelle folgend, also so viel wie „der dritte Lehrer der Schule“

Testimonien: Zeugnisse (mit diesem Wort ersetzt Jean Paul in der zweiten Auflage das Fremdwort)

Thaler: norddt. Münzeinheit (= 24 →Groschen à 12 Pfennig)

Thomasschüler: die Chorknaben der Thomaskirche in Leipzig

thorax caudex pulexque: die unregelmäßigen männlichen Substantive der dritten lat. Deklinationsklasse

Toiletten-Schif und Geschirr: „Schiff“ hier in der speziellen Bedeutung von „hohles Gefäß“, „Behälter“; in der tautologischen Kombination „Schiff und Geschirr“ auch so viel wie „Gerät“, hier also die Gesamtheit der Toilettenartikel („Grimmsches Wörterbuch“)

Torso: (ital.) Bezeichnung für unvollständig erhaltene Statuen (nur Körper mit abgebrochenen Gliedmaßen); in übertragener Bedeutung so viel wie „nicht mehr vollständig“

Trabant(en): Begleiter; hier kleiner Mond, Satellit

Traktätgen: kleine Abhandlung

Trinitatis: in der Abfolge des Kirchenjahrs der erste Sonntag nach Pfingsten = Dreifaltigkeitssonntag
überpichte: überklebte
Unter-Robben: (frz. robe = Kleid) hier in eigenartiger Verwendung wohl „Schlafröcke"
Valet de fantaisie: (frz. = Diener der Phantasie) nicht belegter Ausdruck; Eigenschöpfung Jean Pauls etwa in der Bedeutung von „unterhaltsamer Ratgeber"
Venusgestalten: Darstellungen der röm. Göttin der Liebe und Schönheit (griech. Aphrodite)
Vesperzeit/Vesperbrod: Zeit des Abendgebets/Abendimbiss
Vignetten: kleine, dekorative Verzierungen
visirte: schaute sich um, fasste ins Auge
Votiv-Tafel: Gabe des Dankes für die Rettung aus einer Notlage, Weihegeschenk, Opfergabe
vozierte: ernannte jemanden, berief jemanden
Weichselbaum: Sauerkirschbaum
Welkboden: Trockenboden unter dem Dach in Brauereien
welsches, weder ein diamantnes noch ein: weder ein steinhartes noch ein romanisches / italienisches (= falsches)
Werthers Freuden: unter dem Titel „Freuden des jungen Werthers" erschien bereits 1775 eine Parodie auf Goethes Briefroman „Die Leiden des jungen Werthers" (→Wertherschen Leiden) von →Friedrich Nikolai
Wertherschen Leiden, der: Goethes Buch „Die Leiden des jungen Werthers" erschien im September 1774 (vgl. dtv-Bibliothek der Erstausgaben 2602)
Wolfsmonat(s): Dezember
Wuzischen Kunst stets fröhlich zu seyn, der: Jean Paul nimmt hier Bezug auf zwei Werke: auf die 1664–67 erschienene „Ars semper gaudendi" („Die Kunst, immer froh zu sein") des spanisch-flämischen Mathematikers und Predigers Alfonso de Sarasa (1618–1667) und auf das

Lehrgedicht „Versuch über die Kunst stets fröhlich zu seyn“ aus dem Jahre 1760 von Johann Peter Uz (1720–1760). Die Vermutung drängt sich auf, dass Jean Paul vielleicht auch mit dem Namen seiner Figur auf den bekannten Dichter aus Ansbach anspielt.

Zephyr: im griech. Mythos personifizierter, milder Südwestwind

Zirbeldrüse: Hirnanhangdrüse

Zodiakallicht: schwache, aber permanente Leuchterscheinung am Himmel entlang der Ekliptik

zwei Menschen an den Händen: gemeint sind die beiden Jugendfreunde Jean Pauls, Johann Adam Lorenz von Oerthel (1763–1786) und Johann Bernhard Hermann (1761–1790), deren früher Tod in vielfachen Abwandlungen des Dichters Werk bestimmend durchzieht

Daten zu Leben und Werk
Jean Paul
(d.i. Johann Paul Friedrich Richter)
(1763–1825)

1763–1765 Wunsiedel

1763 21. März: Johann Paul Friedrich Richter wird als erstes Kind des Lehrers, Organisten und nachmaligen Pfarrers Johann Christian Christoph Richter (1727–1779) und der Sophia Rosina Richter (1737–1797), Tochter des Hofer Tuchmachers Johann Paul Kuhn, in Wunsiedel geboren. „Es war im Jahr 1763, wo der Hubertusburger Friede zur Welt kam“, beginnt der Dichter seine *Selberlebensbeschreibung*, und fährt zusammenfassend fort: „– und zwar in der frühesten frischesten Tagzeit, nämlich am Morgen um 1 1/2 Uhr; was aber alles krönt, war, daß der Anfang seines Lebens zugleich der des damaligen Lenzes war.“

1764 9. Oktober: Geburt des Bruders Johann Adam Christian (gest. 1816).

1765–1776 Joditz

1765 1. August: Die Familie zieht von Wunsiedel nach Joditz bei Hof, weil der Vater die dortige Pfarrstelle übernimmt.

1766 27. Juli: Geburt der Schwester Rosina Barbara (gest. 1767).

1768 und folgende Jahre: Johann Paul Friedrich Richter wächst in bitterster Armut und Not auf und wird von seinem streng gläubigen Vater erzogen, der dem begabten Knaben aber auch Musikunterricht erteilt.

1768 8. Mai: Geburt des Bruders Johann Gottlieb (gest. 1850).

1770 3. Juni: Geburt des Bruders Justus Heinrich Wilhelm (gest. 1789).

1774 2. September: Geburt der Schwester Sophie Jacobine Ottilie (gest. 1775).

1776–1778 Schwarzenbach

1776 9. Januar: Umzug der Familie zur neuen Pfarrstelle des Vaters.

1778 6. Januar: Der jüngste Bruder Johann Samuel wird geboren (gest. 1807).

1778 entstehen Richters erste Exzerptenhefte unter dem Einfluss des rationalistisch-neologisch orientierten Kaplans Johann Samuel Völkel und des aufgeklärten Rehauer Pfarrers Erhard Friedrich Vogel, aus dessen Bibliothek der Schüler viele Bücher entleiht. Erste Begegnungen mit zeitgenössischer Literatur, etwa mit von Hippels *Lebensläufe nach aufsteigender Linie* und vor allem Goethes *Werther*. Richter erfindet eine eigenwillige Privatorthographie, die er erst in späterem Alter nach und nach wieder aufgibt.

1779–1781 Hof

1779 Februar: Übertritt auf das Hofer Gymnasium, um sich auf das Theologiestudium vorzubereiten.

25. April: Tod des Vaters. Der Mutter obliegt nun die Sorge für fünf noch unmündige Söhne. Mit dem Tod des Großvaters mütterlicherseits im Oktober 1780

verschlimmert sich die materielle Lage der Familie noch mehr.

1779 beginnende Freundschaften mit Adam Lorenz von Oerthel (1763–1786) und Christian Georg Otto (1763–1828). Ein wenig gesellt sich auch noch Johann Bernhard Hermann (1761–1790) zum Kreis der Freunde.

1780 11. Oktober: Rede bei der Schulentlassung (*Über den Nutzen und Schaden der Erfindung neuer Wahrheiten*). Es entstehen die ersten schriftstellerischen Versuche, die sog. *Übungen im Denken*, die jedoch nicht zur Veröffentlichung gedacht waren. Die Zeit bis zum Beginn des Studiums in Leipzig verbringt Richter bei seiner Mutter in Schwarzenbach.

1780/81 Winter: Lektüre von Lawrence Sterne (*Tristram Shandy*), J.J. Rousseau (*Émile*, *Julie ou la Nouvelle Héloise*), Lessing (*Die Erziehung des Menschengeschlechts*).

1781 Januar: Erster schriftstellerischer Versuch mit dem Briefroman *Abelard und Heloise*.

1781–1784 Leipzig

1781 19. Mai: Trotz Verweigerung eines Stipendiums und Freitisches durch den Hofer Rat Immatrikulation und Beginn des Theologiestudiums in Leipzig.

1781 und folgende Jahre: Erste Versuche in der Art der englischen Satiriker Swift, Pope, Young und des Erasmus von Rotterdam. Diese Epoche seines Lebens bis ins Jahr 1790 wird der Dichter später die Zeit seiner „Satirischen Essigfabrik" nennen.

1781 Lektüre von Kant (*Kritik der reinen Vernunft*) und Schiller (*Die Räuber*) sowie erster Zugang zu Shakespeare durch den Philosophen Ernst Platner.
November: Entschluss, das Theologiestudium auf-

zugeben und die Schriftstellerei als Brotberuf zu betreiben.
Herbst: Umzug der Mutter nach Hof.

1782 Entbehrungsvolle Arbeit am ersten Teil der bemüht ironisch-witzigen *Grönländischen Prozesse.*

1783 Der erste und zweite Band der *Grönländischen Prozesse* erscheinen.
Juni bis August: Richter beginnt in modischer Art à la Werther aufzutreten und irritiert beim Besuch der Mutter in Hof die Bewohner der Stadt. Er verliebt sich in die um vier Jahre ältere Sophie Ellrodt; die Verlobung wird aber noch im selben Jahre gelöst.
Ende August: Beginn der Arbeit an der Sammlung *Auswahl aus des Teufels Papieren.*

1784 Vergebliche Verlegersuche für die *Teufelspapiere.*

1784 12. November: Flucht aus Leipzig vor den Gläubigern nach Hof.

1785–1786 Hof

1785 und folgende Jahre: Intensive Lektüre der Werke Platons in der Übersetzung Johann Friedrich Kleukers aus der Bibliothek des Pfarrers Vogel. Die philosophischen Vorstellungen Platons bestimmen zunehmend Richters Denken und seine literarische Produktion.
Weiterhin persönlicher Verkehr mit den Freunden aus der Gymnasialzeit und den Pfarrern Vogel und Völkel.
Verschiedentliche kleine Veröffentlichungen in Satirensammlungen und Literaturzeitschriften.

1786 13. Oktober: Tod des Freundes Johann Adam Lorenz von Oerthel; Richter empfindet ihn als einen großen Schicksalsschlag.

1787–1790 GUT TÖPEN UND HOF

1787 Januar: Antritt einer Hofmeisterstelle auf dem Rittergut in Töpen bei Hof. Der „Kandidat" Richter unterrichtet dort den jüngeren Bruder seines verstorbenen Freundes Johann Adam Lorenz von Oerthel.
Anhaltende intensive Lektüre und Studium aller philosophischen und poetischen Neuerscheinungen (Goethe, Heinse, Herder, Hamann, Jacobi, Kant, Hume, Voltaire und von Meyern). Richter schafft sich daraus einen riesigen Vorrat an Stoffen und Themen.

1789 Anfang April: Richters Bruder Heinrich ertränkt sich aus Verzweiflung über die Not der Familie in der Saale.
April: Ende des Hofmeisteramts in Töpen und Rückkehr nach Hof.
Mai: Die *Auswahl aus des Teufels Papieren* erscheint.
14. Juli: Sturm auf die Bastille. Beginn der franz. Revolution. Richter verfolgt die politischen Ereignisse in Frankreich mit großer Aufmerksamkeit.
Ab Juli des Jahres bis Mitte 1790: Arbeit an der neuesten Satirensammlung mit dem Titel *Abrakadabra oder die Baierische Kreuzerkomödie am längsten Tage im Jahr*, in die später auch *Des todten Shakespear's Klage unter todten Zuhörern in der Kirche, dass kein Got sei* Eingang findet.

1790 3. Februar: Tod des Freundes Johann Bernhard Hermann in Göttingen. Der verbleibende Freund Christian Otto wird ab jetzt Richters engster Vertrauter, der alle seine Manuskripte zu begutachtender Lektüre vorab erhält.

1790–1794 SCHWARZENBACH

1790 März: Als Privatlehrer der Kinder seiner Freunde, vor allem der Kinder des Schwarzenbacher Fabrikanten Johann Gottfried Cloeter erneuter Aufenthalt in Schwarzenbach.
Beginn diverser Frauenfreundschaften und Liebeleien mit: Amöne Herold (geb. 1774), der späteren Frau seines Freundes Christian Otto, mit ihrer Schwester Karoline (geb. 1779), mit Helene Köhler (geb. 1769) und Renate Wirth (geb. 1775), die später Christoph Otto, Christians Bruder, heiratet. Spielerischer Entwurf einer erotischen Akademie, die diverse Preisfragen zu den Themen Liebe und Freundschaft zur Abhandlung vorgibt.
15. November: sog. Todesvision. Über diese Vision seines eigenen Todes schreibt Richter in seinem Tagebuch: „Wichtigster Abend meines Lebens: denn ich empfand den Gedanken des Todes."

1791 Februar: Unter dem Eindruck dieser „Todesvision" und verbunden mit dem aus der Platonlektüre gewonnenen neuen Menschenbild, dem Bild der sogenannten „Festtagsmenschen" bzw. dem Idealbild des „Hohen Menschen", beginnt Richter seine Vorarbeiten zum Roman *Die unsichtbare Loge* und zu der Erzählung *Leben des vergnügten Schulmeisterleins Maria Wuz in Auenthal.*
15. März: Beginn der Niederschrift der *Unsichtbaren Loge*, die sich als eine „konvulsivische Geburtszeit" über ein Jahr hinzieht.

1792 9. Mai: Johann Paul Friedrich Richter entscheidet sich für den Autornamen „Jean Paul". Das frühere Pseudonym „J. P. F. Hasus" wird nicht mehr verwendet.

7. Juni: Das Manuskript der *Unsichtbaren Loge* wird an Karl Philipp Moritz nach Berlin geschickt. Moritz antwortet begeistert und vermittelt den Verleger Karl Matzdorff.

6. Juli: Jean Paul schickt die Erzählung vom *Schulmeisterlein Wuz* hinterher.

21. September: Nach vielen Vorarbeiten Beginn der Niederschrift des *Hesperus oder 45 Hundsposttage*.

1793 Januar: Die *Unsichtbare Loge* geht in Druck.

16. Januar: Jean Paul gesteht anlässlich eines Konzertes Amöne Herold seine Liebe und bezeichnet den Abend im Tagebuch als „Merkwürdigster Abend meines Lebens". Amöne entscheidet sich aber für Jean Pauls Freund Christian Otto, der gesteht, dass er Amöne gleichfalls liebe.

Frühjahr: Das Erscheinen der *Unsichtbaren Loge* wird ein Achtungserfolg für den 30-jährigen Dichter. Besonders die romantischen Traumszenen finden bei der Damenwelt Anklang.

26. April: Tod von Karl Philipp Moritz in Berlin. Jean Paul setzt ihm im *Hesperus* in der Figur Emanuels ein Denkmal.

August: Verlobung mit der 15-jährigen Karoline Herold, der jüngeren Schwester von Amöne Herold.

September: Vom Honorar der *Unsichtbaren Loge* finanziert Jean Paul eine Reise nach Bayreuth und holt sich von den dortigen Schloss- und Gartenanlagen starke Anregungen für seine weiteren großen Romanwerke. Außerdem kleidet er sich neu ein und lernt Emanuel Samuel (1766–1842) kennen, einen jüdischen Geschäftsmann, der bald ein vertrauter lebenslanger Freund wird. Ab Ende 1813 nennt dieser sich nach einem Vorschlag Jean Pauls Osmund mit Nachnamen.

1794–1797 Hof

1794 3. Mai: Nach dem Übertritt der ältesten seiner Schüler aufs Gymnasium Rückkehr von Schwarzenbach nach Hof.

21. Juni: Die Arbeit am *Hesperus* wird abgeschlossen.

1. Dezember: Auflösung der Verlobung mit Karoline Herold.

1794 bis Mai 1795: Arbeit an der Erzählung *Leben des Quintus Fixlein.*

1795 Frühsommer: Der *Hesperus* erscheint ebenfalls bei Karl Matzdorff in Berlin und wird ein großer Erfolg; auch Goethe und Schiller nehmen den Roman mit reservierter Anerkennung wahr.

Mitte Juni: Aufenthalt in Bayreuth.

Juli/August: Jean Paul schreibt an den *Biographischen Belustigungen*, einer Fragment gebliebenen Geistergeschichte.

August/September: Beginn der Arbeit am *Siebenkäs*, der den barock anmutenden Titel trägt: *Blumen-, Frucht- und Dornenstücke oder Ehestand, Tod und Hochzeit des Armenadvokaten F. St. Siebenkäs im Reichsmarktflecken Kuhschnappel.*

1796 20. bis 27. Januar: Erneuter Aufenthalt in Bayreuth, wo der Dichter hofiert und herumgezeigt wird „wie ein Haifisch oder sonstiges Unthier" (Brief vom 23. Januar an Chr. Otto). Vor allem beginnt nun eine Zeit der schwärmerischen Verehrung seitens der lesenden Frauenwelt.

8. März: Charlotte von Kalb vermeldet in einem ersten Brief aus Weimar an Jean Paul ihre wie auch

Wielands, Herders und Knebels Begeisterung über den *Hesperus*.

9. Juni bis 2. Juli: Nach Fertigstellung des *Siebenkäs* reist Jean Paul nach Weimar. Er absolviert zahlreiche Besuche und wird eingeladen: am 16. Juni: Einladung zur Herzogin Anna Amalia in Schloss Tiefurt. – 17. Juni: Zum Mittagessen bei Goethe. – 23. Juni: Erneute Einladung Goethes. – 25. Juni: Bei Schiller zu Besuch. – Begegnungen mit Charlotte von Kalb, Herder, Karl Ludwig von Knebel u. a. – 1. Juli: Jean Paul zum Porträt bei der Sängerin Corona Schröter.

5. September: Nach einem Konzert in Hof Besuch des Komponisten Johann Friedrich Reichardt bei Jean Paul.

21. September: Beginn der Arbeit am *Jubelsenior*.

6. bis 16. Oktober: Zu Besuch in Bayreuth.

22./23. November: Charlotte von Kalb versucht, Jean Paul zum Umzug nach Weimar zu überreden.

1797 6. Januar: Beginn der Arbeit am *Kampaner Thal*.

24. April bis 8. Mai: Zu Besuch in Bayreuth bei Emanuel Samuel.

21. Juni: Nach Vorarbeiten von 1792 beginnt Jean Paul mit der Ausarbeitung seines großen heroischen „Kardinalromans" *Titan*.

3. Juli: Die frisch geschiedene Schriftstellerin Emilie von Berlepsch (1755–1830) besucht Jean Paul in Hof.

25. Juli: Tod der Mutter.

5. bis 12. August: Jean Paul besucht Emilie von Berlepsch in Franzensbad.

1797–1798 Leipzig

1797 28. Oktober: Umzug nach Leipzig.
20. Dezember: Emilie von Berlepsch trifft in Leipzig ein. Sie verbringt den Winter mit Jean Paul.
22. Dezember: Jean Paul deutet Charlotte von Kalb brieflich Umzugspläne nach Weimar an.

1798 13. Januar: Jean Paul verspricht Emilie von Berlepsch die Ehe. – Ende Februar: Rücknahme des Eheversprechens.
23. März: Beendigung der Arbeit an den *Palingenesien*.
15. Mai bis Ende Mai: Aufenthalt in Dresden. Besuch der Antikensammlungen; Begegnung mit seinem Verleger Matzdorff.
16. bis 20. Juli: Aufenthalt in Giebichenstein bei Johann Friedrich Reichardt.
21. bis 27. Juli: Aufenthalt in Halberstadt bei dem Dichter Johann Wilhelm Ludwig Gleim.
21. August: Abreise nach Weimar über Jena.
23. August bis 3. September: Aufenthalt in Weimar (tägliche Begegnung mit Herder; Besuche bei der Herzogin-Mutter Anna Amalia und bei Wieland u. a.).
6. September: Rückkehr nach Leipzig.
20. September: Beendigung des 1. Teils des *Titan*.
13. Oktober: Beginn des Briefwechsels mit Friedrich Heinrich Jacobi.

1798–1800 Weimar

1798 24./25. Oktober: Umzug von Leipzig nach Weimar. Im Herbst und Winter zahlreiche Begegnungen bei gesellschaftlichen Anlässen und diversen Opernbesuchen.

17. Dezember: Karoline von Feuchtersleben (1774–1842), Hofdame in Hildburghausen, bittet um Jean Pauls neueste Werke.
Ende Dezember: Charlotte von Kalb äußert die Absicht Jean Paul heiraten zu wollen.

1799 13. Januar: Zusammen mit Schiller bei Wolzogens.
16. Januar: Zusammen mit Schiller und Herder bei Goethe zum Essen eingeladen.
30. Januar: Besuch der Erstaufführung von Schillers *Wallenstein* (*Piccolomini*).
Intensive Arbeit am *Titan*, in den viele der Weimarer Erfahrungen einfließen.
28. Februar: Jean Paul an Emanuel Samuel: „In Hof sah ich in 6 Jahren nicht so viel von der Menschen etc. -natur als hier in 6 Monaten."
20. April: Besuch der Erstaufführung von Schillers *Wallensteins Tod*.
21. bis 28. Mai: Aufenthalt in Hildburghausen.
Erste persönliche Begegnung und Freundschaft mit Karoline von Feuchtersleben.
Bekanntschaft mit den „drei schönen Schwestern" der Herzogin Charlotte von Sachsen-Hildburghausen, den Fürstinnen Therese von Thurn und Taxis, Friederike von Solms und der Königin Luise von Preußen. Ihnen ist der Roman *Titan* gewidmet.
29. Juli: Brief an Karoline von Feuchtersleben, in dem er ihr seine Liebe erklärt.
15. August: Jean Paul wird durch den Herzog von Sachsen-Hildburghausen zum Legationsrat ernannt.
1. bis 14. Oktober: Erneute Reise nach Hildburghausen, mit Zwischenstation in Ilmenau bei Knebel.
Ende November oder Anfang Dezember: Bekanntschaft mit Ludwig Tieck und Novalis in Weimar.

31. Dezember: Einladung zum Silvesternachtsfest zur Jahrhundertwende bei der Herzogin Anna Amalia.

1800 Finanzielle Bedenken und Standesvorurteile seitens der Familie von Karoline von Feuchtersleben gegen eine Verbindung mit Jean Paul werden laut.

2. bis 6. Mai: Aufenthalt mit dem Ehepaar Herder in Ilmenau; die Begegnung mit Karoline von Feuchtersleben führt zum Zerwürfnis und zur Auflösung der Verlobung.

Mai: Der erste Band des *Titan* erscheint.

23. Mai bis 24. Juni: Jean Paul besucht mit Zwischenstation in Leipzig Berlin (Begegnungen mit Königin Luise von Preußen, Josephine von Sydow, Rahel Levin, dem Verleger Matzdorff und vielen anderen).

9. Juni: Erste Begegnung mit Karoline Mayer, der Tochter des Geheimen Obertribunalrats Johann Siegfried Wilhelm Mayer.

20. Juni: Ausflugspartie mit der Familie Mayer nach Pichelswerder.

30. Juni: Heirat von Christian Otto mit Amöne Herold.

2. bis 8. August: Besuch in Gotha und Zusammentreffen mit dem Erbprinzen und späteren Herzog August.

25. August: Jean Paul schreibt an Christian Otto: „Es ist freilich komisch, daß meine Treppe zum Ehebette (nach dir) unendlich lang sein sol. Ich sorg' indes, in Berlin spring' ich hinein; aber es mus blos ein sanftes Mädgen darin liegen, das mir etwas kochen kan und das mit mir lacht und weint. Mehr begehr' ich gar nicht."

1800–1801 Berlin

1800 30. September: Umzug von Weimar nach Berlin. Jean Paul pflegt viele gesellschaftliche Kontakte mit den geistigen Größen Berlins und wird von der Damenwelt heftig umworben.

November: Karoline Mayer trennt sich von ihrem ungeliebten Verlobten und wendet sich Jean Paul zu.

Ende November: Offizielle Verlobung mit Karoline Mayer. Königin Luise von Preußen übersendet ein silbernes Teeservice als Verlobungsgeschenk.

10. Dezember: Beendigung des 2. Bands des *Titan*.

1801 Mitte Januar: Begegnung und Disput mit Fichte.

10. März: Einladung zum Diner bei dem Reformer Carl Friedrich von Hardenberg, dirigierender Minister für Ansbach und Bayreuth.

19. April: Trotz der andauernden Arbeit am *Titan* und an kleineren Gelegenheitsschriften beginnt Jean Paul mit einem neuen großen Romanprojekt, das den Titel *Flegeljahre* erhält.

27. Mai: Hochzeit mit Karoline Mayer.

2. bis 16. Juni: Jean Paul reist mit seiner Frau nach Weimar.

1801–1803 Meiningen

1801 16. Juni: Reise von Weimar nach Meiningen, wo das Ehepaar Richter eine Wohnung bei der Geheimrätin von Zink bezieht.

19. Juni: Nach dem Erscheinen von Band zwei des *Titan* Weiterarbeit am dritten Band.

26. August bis 5. September: Besuch des Ehepaars Richter in Bayreuth.

22. bis 24. September: Besuch in Kassel.

17. Dezember: Der dritte Band des *Titan* wird fertiggestellt.

1802 Ab 13. Januar wird die Arbeit an den *Flegeljahren* fortgeführt.

10. Februar: Jean Paul legt sich einen Hund zu. Der Spitz erhält den Namen Rak.

6. März: Die Arbeit an den *Flegeljahren* wird zugunsten der Niederschrift von Band vier des *Titan* zurückgestellt.

Mai: Der dritte Band des *Titan* erscheint.

5. bis 12. Juli: Aufenthalt in Weimar.

20. September: Geburt der ersten Tochter, Emma Emanuele Georgine Amalie Idoine. Emma heiratet 1826 den Kunstgelehrten und Maler Dr. Ernst Förster (1800–1885). Sie stirbt 1853. Der Schwiegersohn hat maßgeblichen Anteil an der Herausgabe des Nachlasses und der Briefe des Dichters.

29. Oktober bis 1. November: Reise nach Coburg. Jean Paul beschließt spontan, im kommenden Jahr dorthin zu ziehen.

6. Dezember: Abschluss des vierten und letzten Bandes des *Titan*. Wiederaufnahme der Arbeit an den *Flegeljahren*.

1803 30. Januar bis 4. Februar: Aufenthalt in Weimar, über das er ernüchtert resümiert: „Sonst fand ich an Weimar nichts so schön als das Thor nach – Meiningen zu.“ (an Emanuel Samuel)

Arbeit an den *Flegeljahren*.

Mai: Der vierte Band des *Titan* erscheint.

1803–1804 Coburg

1803 2. Juni: Umzug aus dem „langweiligen Dorf“ Meiningen nach Coburg, wo er sich sofort sehr wohl fühlt.

8. bis 16. Juli: Die Familie Richter besucht Emanuel Samuel in Bayreuth.

Anfang September: Emanuel Samuel und Christian Otto, der nun auch in Bayreuth lebt, besuchen zusammen mit dem Violinisten Paul Emil Thieriot, mit dem der Dichter seit November 1797 eng befreundet ist, die Familie Richter in Coburg.

23. Oktober: Jean Paul schließt den dritten Band der *Flegeljahre* ab.

31. Oktober: Beginn der Arbeit an der *Vorschule der Ästhetik*.

9. November: Geburt des Sohnes Maximilian Emanuel Ernst.

18. Dezember: Tod Herders

1804 17. Januar: Jean Paul möchte, so teilt er Emanuel Samuel mit, nach Bayreuth übersiedeln.

21. März: Der Dichter verwirft seine Privatorthographie und übernimmt die Normalorthographie nach Adelung.

3. Mai: An Christian Otto geht ein Exemplar der soeben erschienenen *Flegeljahre*.

17. bis 25. Mai: Reise nach Bamberg und Erlangen. Besuch bei Charlotte von Kalb auf deren Landgut.

16. Juli: Beendigung der Niederschrift der *Vorschule der Ästhetik*.

1804–1825 Bayreuth

1804 12. August: Ankunft in Bayreuth. Die Familie plus Hund bezieht eine 6-Zimmer-Wohnung im Haus der Justizrätin Münch in der Hauptstr. 54 am Markt (heute Maximilianstr. 9).

15. August: Fortsetzung der Arbeit an den *Flegeljahren* (Vierter Band).

11. Oktober: Mitglied bei der Bayreuther „Harmonie“-Gesellschaft, die Jean Paul wegen der dort ausliegenden Zeitungen und Journale häufig besucht.
Mitte Oktober: Nach Problemen mit der Dedikation und der Zensur erscheint die *Vorschule der Ästhetik*.
9. November: Geburt des dritten Kindes, der Tochter Amöne Odilie Minna (gest. 1865 in München).

1805 9. Mai: Tod Friedrich Schillers.
30. Mai: Der vierte Band der *Flegeljahre* wird abgeschlossen.
Juli: Entwurf und Beginn der Arbeit an der Erziehlehre *Levana*, in die Jean Pauls Erfahrungen als Hauslehrer Eingang finden.
23. Juli: Umzug in eine Wohnung in die Vorstadt Dürschnitz (heute Richard-Wagner-Straße 58).
Anfang Oktober: Der 4. Band der *Flegeljahre* liegt im Druck vor.
24. Dezember: Emanuel Samuel und Christian Otto verbringen den Weihnachtsabend bei der Familie Richter.
25. Dezember: Bayern wird 1806 Königreich und das preußische Bayreuth wird 1807 französisch und 1810 bayerisch.

1806 1. Oktober: Erneuter Wohnungswechsel (heute Kulmbacherstraße).
16. November: Angeregt durch die Biographienwut nach Kants (1804) und Schillers Tod (1805) Entwurf und Ausarbeitung von *Leben Fibels, des Verfassers der Bienrodischen Fibel.*
Jahresende: Die *Levana* erscheint bei Vieweg in Braunschweig mit dem Titelvermerk 1807.

1807 4. Februar: Umzug zurück in die alte Wohnung in der Vorstadt Dürschnitz.

April bis Juli: Arbeit an der Humoreske *Des Feldpredigers Schmelzle Reise nach Flätz.*

August: Beginn der Erzählung *Dr. Katzenbergers Badereise.*

1808 Mitte Januar: Mit der Arbeit an der *Friedenspredigt an Deutschland* und den *Dämmerungen für Deutschland* beginnt Jean Paul, herausgefordert durch die napoleonischen Umwälzungen in Europa, die Reihe seiner politischen Schriften und Satiren.

15. November: Umzug in die Innenstadt zu Justizkommissär Fischer, nahe der Wohnung von Emanuel Samuel (heute Friedrichstr. 10).

1809 Anfang Februar: *Schmelzles Reise* erscheint.

2. April: Der Fürstprimas des Rheinbundes, Karl Theodor von Dalberg, schlägt Jean Paul als Ehrenmitglied des Frankfurter „Museums" vor und zahlt ihm eine jährliche Rente in Höhe von 1000 Gulden.

Ostermesse in Leipzig: Die Erzählung *Dr. Katzenbergers Badereise* erscheint.

September: Wiederaufnahme der Arbeit am *Fibel.*

1. November: Jean Paul erwähnt anlässlich eines Besuchs mit Frau und Kindern zum ersten Mal die „Rollwenzelei", die vor kurzem eröffnete Wirtschaft vor den Toren der Stadt von Friedrich und Dorothea Rollwenzel. Bei schönem Wetter geht Jean Paul jeden Morgen zum Arbeiten dorthin und bekommt dort sogar ein eigenes Arbeitsstübchen.

1810 28. Februar: Bayreuth fällt durch den Vertrag von Paris an das Königreich Bayern.

Ende April/Anfang Mai: Jean Paul wird von dem jungen Maler Friedrich Meier (1785–1815) porträtiert. Der Dichter fühlt sich erstmals gut getroffen und lebensecht dargestellt.

4. August: Der Dichter stürzt auf dem nächtlichen Heimweg wohl in angetrunkenem Zustand in den Roten Main.

26. bis 28. August: Reise nach Bamberg und Begegnung mit E. T. A. Hoffmann.

10. November: Erste Idee zu einer autobiographischen Darstellung mit dem Titel *Selberlebensbeschreibung*. Anders als in der im Mai 1799 bereits erschienenen sog. *Konjektural-Biographie*, einer fiktiven, witzigen Beschreibung seines zukünftigen Lebens, soll diesmal in gewohnt autobiographischer Manier ein eher inneres Selbstbildnis gezeichnet werden.

1811 30. März: Besuch von E. T. A. Hoffmann.

1. bis 22. Juni: Reise nach Erlangen und Nürnberg. Verkehr mit der Erlanger Professorenschaft und Treffen mit dem Verleger Johann Leonhard Schrag in Nürnberg.

19. September: Der Plan zum Altersroman *Der Komet* wird festgelegt.

26. September: Umzug in die Schlossapotheke (heute Maximilianstr. 16).

Anfang Oktober: Bei Schrag in Nürnberg erscheint der Roman *Leben Fibels*, vordatiert auf 1812.

22. Dezember: Erste Andeutungen über eine Herausgabe von *Jean Pauls Sämtlichen Werken* bei Cotta in Stuttgart.

1812 1. bis 28. Juni: Eine Reise nach Nürnberg führt auch zu Begegnungen mit den Philosophen G. F. W. Hegel und Friedrich Heinrich Jacobi.

1813 Februar: Weiterarbeit am *Komet*.

Anfang November: Wegen Mietstreitigkeiten mit dem Medizinalassessor Braun zieht Jean Paul aus der Schlossapotheke in das sog. Ehrlicher'sche bzw. Schwabacher'sche Haus in der Friedrichstraße 384 um (heute Friedrichstr. 5). Die neue Wohnung liegt im zweiten Stock der rechten Doppelhaushälfte. Es ist innerhalb der Stadt Bayreuth der fünfte und letzte Umzug.

1814 April: Die zweite Auflage der *Levana*, die der Königin Caroline von Bayern gewidmet ist, erscheint bei Cotta. Die Königin dankt mit einem Geschenk. Goethe spricht sich sehr positiv über das Werk aus.

1815 13. Februar: Jean Paul klagt gegenüber Knebel, dass er sich vor lauter Zeitschriftenbeiträgen auf kein großes Werk mehr besinnen kann.

18. Juni: Napoleon unterliegt in der Schlacht bei Waterloo und dankt am 22. Juni zum zweiten Mal ab.

4. Juli: Weiterarbeit am *Komet*.

Dezember: Die von Dalberg 1809 gewährte Pension wird von Bayern übernommen und für 1814 und 1815 nachbezahlt.

1816 29. März: Wahl zum korrespondierenden Mitglied der Berlinischen Gesellschaft für deutsche Sprache.

14. August bis 6. September: Aufenthalt in Regensburg und Treffen mit Dalberg und diversen Persönlichkeiten des politischen und gesellschaftlichen Lebens.

November: Beginn des Briefwechsels mit Heinrich Voß d.J., der seit 1807 Professor der Philosophie in Heidelberg ist. Er wird bis zu seinem Tod 1822 ein maßgeblicher literarischer Berater des Dichters.

1817 2. Juli bis 26. August: Reise nach Heidelberg, Begegnungen mit Voß d.J. und den Professoren Hegel, Paulus, Thibaut u. a.

10. Juli: Abendessen beim Theologen Paulus, bei dem sich eine Liebschaft mit dessen Tochter Sophie (1791–1847) anspinnt.
12. Juli: Ständchen („Vivat") der Studentenschaft Heidelberg auf den „Lieblingsdichter der Deutschen".
13. Juli: Fahrt auf dem Neckar.
18. Juli: Überbringung des Ehren-Doktordiploms durch die Professoren Hegel und Creuzer.
2. August: Festessen, veranstaltet von den Heidelberger Professoren, mit über 60 Teilnehmern.
Ausflüge nach Weinheim, Schwetzingen, Mannheim, Mainz, Worms, Bingen und Wiesbaden.
September bis März 1818: Umarbeitung des *Siebenkäs* für die zweite Auflage.
November: Eheliches Zerwürfnis wegen Jean Pauls Liebelei mit Sophie Paulus, der späteren Ehefrau von A. W. Schlegel.

1818 26. Mai bis 4. Juli: Reise nach Frankfurt und Heidelberg (Begegnung mit Friedrich und August Wilhelm Schlegel, Franz und Antonie Brentano, dem politisch liberalen Karl August von Wangenheim, dem Bibliothekar und Bundestagsgesandten Johann Christoph von Aretin u. a.). – In Heidelberg wird Jean Paul diesmal ob der Eifersucht Karolines „nicht halb so froh als früher". Auch das sich anbahnende Verhältnis von Sophie Paulus mit A. W. Schlegel ist für seine Stimmung nicht günstig, auch wenn er mit diesem am 20. Juni ein gemeinsames „Vivat" erhält.
14. Juli: Beginn der Arbeit an der *Selberlebensbeschreibung*. „Jetzo arbeit' ich an der Beschreibung meines Lebens; ich bin aber durch die Romane so sehr ans

Lügen gewöhnt, daß ich zehnmal lieber jedes andere beschriebe“ (an Emanuel Osmund, 3. Aug. 1818).
14. bis 16. Oktober: Besuche in Joditz und Hof.

1819 20. Januar: Endgültiger Abbruch der Arbeit an der *Selberlebensbeschreibung*. Erstdruck aus dem Nachlass 1826.
Januar bis Mai: Überarbeitung des *Hesperus* für die dritte Auflage 1819.
Mai: Wiederaufnahme der Arbeit am *Komet*.
4. Juni bis 12. Juli: Reise nach Stuttgart. Erneut zahlreiche Begegnungen mit Persönlichkeiten des öffentlichen Lebens und der Kunst (Boisserée, Matthison, Therese Huber, Cotta, Dannecker, u.a.).
30. August bis 19. September: Reise nach Löbichau auf Einladung der Herzogin Dorothea von Kurland.
24. Oktober: Der 16-jährige Sohn Max geht zum Besuch des Gymnasiums nach München.
26. November: Karoline reist zur Regelung des Nachlasses ihres verstorbenen Vaters nach Berlin; sie kehrt erst am 31. Januar 1820 zurück.
Winter: Beginnendes Gichtleiden und Einsamkeitsgefühle.

1820 28. Januar: August Graf von Platen besucht Jean Paul.
27. Mai bis 12. Juli: Reise nach München zum Sohn Max. Begegnungen mit den Größen der Münchner Gesellschaft (Franz von Baader, Ringseis, Niethammer, Schlichtegroll, Graf Lerchenfeld u.a.). – Abstecher nach Landshut und Regensburg.
8. Juni: Münchner Fronleichnamsprozession (an Voß: „... der Grimm über den Pfaffenunsinn erstickt den ästhetischen und empfindsamen Genuß“).
9. Juni: Audienz bei König Maximilian I. Joseph und

Königin Karoline (an seine Frau Karoline: „Sein Gesicht ist meinem ähnlich").

19. Juni: Begegnung mit Graf Montgelas.

September: Arbeit am dritten Band des *Komet*.

Mitte Oktober: Sohn Max wechselt zum Studium nach Heidelberg und gerät zunehmend in depressive Stimmungen.

Oktober/November: Band 1 und 2 des *Komet* erscheinen.

29. November: Emanuel Osmund überbringt das Diplom der Ernennung zum Ehrenmitglied der Bayerischen Akademie der Wissenschaften.

1821 Bis Jahresmitte: Neben der Arbeit am *Komet*, Überarbeitung der *Grönländischen Prozesse* und der *Unsichtbaren Loge* für Neuauflagen.

August: Die geplante Reise nach Heidelberg wird verschoben.

18. September: Sohn Max kehrt schwerkrank nach Bayreuth zurück. Krankhafte Selbstanklagen und religiös-mystische Schwärmereien deuten auf eine ausbrechende Schizophrenie hin.

25. September: Sohn Max stirbt noch nicht 18-jährig in Bayreuth; die eigentliche Todesursache dürfte aber nicht die mystizistische Überspannung, sondern eher eine Typhus- oder Ruhrerkrankung gewesen sein. Der Dichter hat sich von diesem Schicksalsschlag nicht wieder erholt.

20. Dezember: Jean Paul beschließt, sich den Begräbnistag von Sohn Max nach Abschluss des dritten *Komet*-Bandes mit einer wichtigen Arbeit über die Unsterblichkeit zu heiligen. Der neue Titel lautet *Selina oder über die Unsterblichkeit der Seele*.

1822 2. Mai bis 15. Juni: Reise über Hof und Plauen nach

Dresden. Auf Abendempfängen und Extrakonzerten zahlreiche Begegnungen u.a. mit Tieck und Carl Maria von Weber.

13. Mai: „Das Stehen auf dem Ehrenpranger ermattet mich" (an Karoline).

12. Juli: Den dritten Band des *Komet* fertig gestellt. Voß in Heidelberg bekommt das Manuskript zur kritischen Durchsicht.

20. Oktober: Voß, den sich Jean Paul als seinen Nachlassverwalter gewünscht hat, stirbt überraschend in Heidelberg.

1823 April: Beginn von Jean Pauls Augenerkrankung.

Ende April: Beginn der Arbeit an *Selina*, die Jean Paul als eine Fortsetzung seines „kleinen Gesprächs über die Unsterblichkeit" erachtete, das im Mai 1797 unter dem Titel *Das Kampaner Thal oder über die Unsterblichkeit der Seele* veröffentlicht worden war.

26. August bis 11. September: Anlässlich seiner Reise nach Erlangen und Nürnberg begegnet der Dichter wiederum zahlreichen Persönlichkeiten des geistigen Lebens, u.a. trifft er mit Schelling und Platen zusammen. Klagen über die zunehmende Beschwerlichkeit des Reisens.

28. Oktober: Nach Fertigstellung der *Selina* plant Jean Paul ein mehrbändiges komisches Universalwerk mit dem Arbeitstitel *Der Papierdrache*.

1824 4. Mai: Die Kurzsichtigkeit des rechten Auges nimmt zu; das linke ist fast erblindet.

Juli: Klagen über den Verlust der Arbeits- und Schreibfreude und zunehmende Resignation. Jean Pauls körperlicher Verfall wird offensichtlich.

29. Juli: Nach vielen Monaten besucht Jean Paul wieder einmal die Rollwenzelei.

Anfang September: In Erlangen und Nürnberg zur Augenuntersuchung und beim Optiker wegen drohender Erblindung. Jean Paul fällt es schwer, seine Texte nur zu diktieren.
Oktober: Die Krankheit verzögert den Abschluss der *Selina.*

1825 Januar: Karoline und die Kinder müssen als Vorleser dienen.
21. März: Fackelzug der Bayreuther Gymnasiasten zum Geburtstag des Dichters.
Anfang September: Erneute Reise nach Nürnberg, wo ihm eine Augenoperation fürs nächste Frühjahr in Aussicht gestellt wird.
Anfang Oktober: Der Neffe Richard Otto Spazier trifft in Bayreuth ein, um Jean Paul bei der Arbeit an einer Gesamtausgabe zu helfen.
21. Oktober: Der Verleger Georg Andreas Reimer erhält für 35.000 Taler Honorar die Zusage für eine Gesamtausgabe der Werke Jean Pauls; der Plan sieht 60 Bändchen vor, bei einer Auflage von 5000 Exemplaren.
November: Völlige Erblindung, Brustwassersucht und extreme Abmagerung. Jean Paul wünscht sich den Vortrag von Liedern von Zelter und Schubert und Auszüge aus Herders „Ideen zur Philosophie und Geschichte der Menschheit".
14. November: Jean Paul stirbt abends gegen acht Uhr, angeblich mit den Worten: „wir wollen's gehen lassen."
17. November: Jean Paul wird neben seinem Sohn Max auf dem Stadtfriedhof in Bayreuth feierlich beerdigt.

2. Dezember: Totenrede im Frankfurter „Museum“ von Ludwig Börne. In der „Denkrede auf Jean Paul“ sagt er: „Nicht allen hat er gelebt! Aber eine Zeit wird kommen, da wird er allen geboren, und alle werden ihn beweinen.“

1827 Herausgegeben von Christian Otto erscheint die unvollendet gebliebene Schrift *Selina oder über die Unsterblichkeit der Seele* in zwei Bändchen bei Cotta in Stuttgart.

Leben des vergnügten Schulmeisterleins Maria Wuz in Auenthal

Die Lust am Lesen weicht einer tiefgreifenden Unlust am Buch, Literaturbegeisterung ist ob schwindender Lesekompetenz in allen gesellschaftlichen Schichten zu einem kaum mehr wahrnehmbaren Phänomen geworden und klassische Bildung und gediegene Lektüreerfahrungen zeichnen ihre wenigen Inhaber schon lange nicht mehr aus. Der Befund gilt als unumstritten, und auch der Schuldige scheint ausgemacht: die Bildmedien und die digitalen Kommunikationsmöglichkeiten. Ohne diese Befunde näher zu beleuchten, kann festgestellt werden, dass es bei solcher Gemengelage einen Autor wie Jean Paul, der seiner Aneignung im beschaulich-besinnlichen Akt des Lesens auf überreichliche Art und Weise Bildungs- und Lektürehindernisse vorgebaut hat, besonders hart trifft. Der Modeautor seiner Zeit wurde schon lange vor dem digitalen Zeitalter zunehmend zu einem schwierigen Autor, zu einem vielgelobten, aber ungelesenen Vertreter der klassischen deutschen Literaturepoche und heute zu einem gänzlich unbekannten Wesen im ohnehin stark beschnittenen Kanon klassischer Grundkenntnisse. Nichtsdestotrotz ist und bleibt Jean Paul eine erste Größe an unserem Kulturhimmel und der bedeutendste Erzähler und Prosaschriftsteller der klassischen und romantischen Zeit.

Ein schmaler Text, die Erzählung *Leben des vergnügten*

Schulmeisterleins Maria Wuz in Auenthal, erfreut sich noch einiger Bekanntheit und Beliebtheit. Er ist unerachtet eines imposanten satirisch-kritischen Jugendwerks das erste Produkt von Jean Pauls riesigem Erzählwerk. Der Dichter schrieb ihn in wenigen Wochen als knapp 28-Jähriger nieder, und er konnte seinem poetischen Erstling keinen Einzelauftritt auf dem Marktplatz der zeitgenössischen Literatur verschaffen. Die Erzählung musste warten, bis ein weit größeres Werk fertiggestellt war, der Roman *Die unsichtbare Loge*. Jean Paul hat ihn, wie auch seinen zweiten Roman *Hesperus*, der ihn zum Erfolgsschriftsteller seiner Zeit machte, im Untertitel als „eine Biographie“ bezeichnet. Dagegen trägt das *Schulmeisterlein Maria Wuz* den Titelzusatz „Eine Art Idylle“. Darüber sind tiefschürfende Auseinandersetzungen geführt worden, in denen der Text als besonders gelungen und exemplarisch erklärt wurde, aber auch als beispielhaft für unklassischen Stil, gar für den Beweis, dass Jean Pauls Werk im Großen und Ganzen ein literarisches Verhängnis sei, ein „Unkraut“, so Friedrich Nietzsches Verdammungsurteil, auf den „zarten Fruchtfeldern Schillers und Goethes“. Weder Stil noch die sich darin ausdrückende Haltung zur Welt und die Idee vom Menschen seien vorbildhaft, sondern pure Spießbürgerlichkeit, Glorifizierung eines stillen Glücks im Winkel, einfach unerträglich und philisterhaft engstirnig. Jean Paul sei, so Nietzsche, „ein bequemer und guter Mensch, und doch ein Verhängnis – ein Verhängnis im Schlafrock“.

Die Idylle, ob man den Begriff mag oder nicht – ob man dahinter nur kleinbürgerlichen Biedersinn, üble Kleingeisterei und allgemeine Bequemlichkeit, Verinnerlichung und Feigheit vor der politischen Welt oder doch auch ein wenig Rechtschaffenheit, Redlichkeit, Bravheit oder gar tapferes Bescheiden sehen möchte –, ist aber viel viel mehr: Sie ist tief und erhaben in ihrer Bescheidenheit, ein großer Wurf ins Unendliche unserer Existenz und im kleinen Maßstab ein Kolossalgemälde der menschlichen Nichtigkeit im kosmischen Großraum zwischen Nichts und einem waltenden Gott. In bescheideneren Worten und um zunächst nur mit den Untertiteln, den Genrebezeichnungen zu jonglieren: Die Idylle ist auch „eine Biographie", eine „Lebensbeschreibung", und sie markiert den Beginn von Jean Pauls Romanen, die in immer neuen Variationen poetische „Biographien", fiktive „Lebensbeschreibungen" von der ganz besonderen Sorte sind. Sie wurden Gestalt in den großen Geschichten, die sowohl die heroischen Romane bis zum *Titan* und die romantisch-komischen *Flegeljahre* oder der *Siebenkäs* erzählen als auch in den humoristischen Seitenstücken vom *Quintus Fixlein* über das *Leben Fibels* bis zu den Denkwürdigkeiten von Nikolaus Markgraf im *Komet*.

Dabei gilt es beim *Schulmeisterlein Wuz* zu beachten, dass nur das erstgeborene kleine Werk den nachgeborenen großen Roman vollendet und dass erst der Epilog zu beiden Biographien, zur unvollendeten großen *Unsichtbaren Loge* und zur vollendeten kleinen Lebensgeschichte des *Wuz*, das poetische Gesamtpaket Jean Pauls wiewohl unvollendet in eine eigenartige Vollendung treibt. Die Druckgeschichte beider Werke unter tätigster Hilfe von Karl Philipp Moritz darf (siehe unter „Zur Textgestalt") als bekannt vorausgesetzt werden. Hier wurde etwas zusammengeleimt, was nie zusammengehören sollte, was in Jean Pauls eigenen Worten ein „corpus vile", ein wildwucherndes Etwas ergab, das sich schließlich aber doch in den „Sieben letzten Worten" des Autors „an die Leser der Lebensbeschreibung und der Idylle" zu bis dahin in der deutschen Literatur ungeahnten Höhen erhob. Karl Philipp Moritz meinte es erkannt und gespürt zu haben, als er sagte: „Das begreif ich nicht, der ist noch über Goethe, das ist ganz was Neues." Um dieses Neue zu verstehen, ist es aber unerlässlich, das ganz spezifisch Neue nicht wegzulassen, sprich die Idylle nicht ohne ihren Anhang zu lesen, also das „Ausläuten" mit dem *Schulmeisterlein* zur Lektüre freizugeben. Es könnte sich ansonsten tatsächlich eine falsche Optik des Ganzen ergeben, eine Optik, die Jean Paul himmelschreiendes Unrecht zufügt.

Dass die idyllische Geschichte des *Schulmeisterleins Wuz* „eine Biographie" ist wie der große Roman, bringt nicht nur der Haupttitel mit der Wendung „*Leben* des vergnügten Schulmeisterleins ...." zum Ausdruck, sondern auch der erste Satz der Erzählung. Der staunende, unerwartete und berühmt gewordene Ausruf beleuchtet das biographische Baugelände der nachfolgenden Geschichte hinlänglich: „Wie war dein Leben und Sterben so sanft und meerstille, du vergnügtes Schulmeisterlein Wuz!" Nicht eine Episode wird erzählt, auch wird kein Panorama einer vielschichtig gegliederten Welt mit Einzelpersönlichkeiten von betonter Eigenart in ihren schicksalhaften Verstrickungen ausgemalt, sondern ein Leben wird herausgegriffen, ein Charakter wird entworfen und mit einer Laudatio, einer umfassenden Lobrede, gewürdigt. Es wird warmherzig, wenngleich augenzwinkernd ironisch und um Abstand bemüht „hinterm Ofen" erzählt, etwa in Art eines launigen Nachrufs, einer verkappten Leichabdankung, einer Leichenrede, einer „Laudatio funebris" (Begräbnis-, Trauerrede), die sich nach den Regeln der Gattung zu einer „universalen consolatio" auftürmt, zu einer „kosmischen Trostrede" für die Leser, für den Redner und den mittrauernden Freund. Die Rede für Wuz ist eine versteckte Leichenrede ihres Autors Jean Paul auf seine frühverstorbenen Freunde Adam Lorenz von Oerthel und Johann Bernhard Hermann, von deren Gräbern Johann Paul Friedrich Richter und der verbliebene

Freund Christian Otto sich für ihre verbleibende Lebensminute getröstet zurückziehen.

Der Tod von Adam Lorenz von Oerthel lag zwar schon drei Jahre zurück, aber der Tod von Johann Bernhard Hermann am 3. Februar 1790 riss die nur mühsam vernarbten Wunden nicht nur erneut auf, sondern vertiefte sie noch erheblich. Jean Pauls Schmerz und sein Leiden an der Unbegreiflichkeit der menschlichen Nichtigkeit mündeten am 15. November 1790 in den wichtigsten Abend seines Lebens, an dem er in visionärer Art seinen eigenen Tod durchlebte. Die literarische Frucht dieser Todeserfahrungen ist die Erzählung vom Schulmeisterlein Maria Wuz – in Jean Paulscher Manier ironisierend als „Eine Art Idylle" bezeichnet –, die unmittelbar im Dezember 1790 in Angriff genommen und spätestens im Februar 1791 niedergeschrieben wurde; sie wurde eine Leichenrede im Tarnanzug. Der Vorsatz, den das Tagebuch vom 15. November 1790 notiert, man müsse „die armen Menschen lieben … die so bald mit ihrem bisgen Leben niedersinken" gewann in der Erzählung von des Schulmeisters Leben poetisch-ironische Form und wurde sentimental-humoristischer Inhalt. Sie folgt trotz Anpassung an literarische Notwendigkeiten den Regeln, die die Vorschriften für die Leichabdankung vorgaben. Diese besteht in einem kurz, aber bündig zusammengefassten Lobe des Verstorbenen, und sie muss die Klage und die Trauer um den Toten durch möglichst starke Trostgründe für die Leidtragenden mildern und zuletzt in wohlangebrachten Wünschen die anwesende Trauergemeinde ins weitere Leben entlassen. Dies und nur dies in ganz großen Umrissen ist das Ziel der Wuzgeschichte, die Summe seines kleinen, nicht philisterhaften, sondern unter dem Gesichtspunkt der Ewigkeit und im Sinne des Predigers Salomo seines „eitlen", sprich „nichtigen" Lebens.

Was wird erzählt? Zunächst die einfachen Daten eines solchen Lebens, einer Dorfschullehrer- und Kantorenexistenz. Die Stationen werden summarisch und in gebotener Kürze, um die Trauergemeinde nicht zu überfordern, abgehandelt: Geburt, Erziehung und Ausbildung, die Berufswahl und die bürgerlichen Standesweisen wie Verlobung und Heirat. Wichtig ist vor allem der Bericht über die Taten, Werke und Leiden des selig Verblichenen. Die „res gestae", der „Tatenbericht" in der Leichabdankung über die verblichene Persönlichkeit, darf nicht fehlen. Er füllt denn auch unter Verzicht auf weitere biographische Details das Leben von der Heirat bis zum Tod. Seine Bibliothek (– „daß Wuz eine ganze Bibliothek – wie hätte der Mann sich eine kaufen können – sich eigenhändig schrieb. Sein Schreibzeug war seine Taschendruckerei" |376| –), das ist seine Lebensleistung.

Jean Paul erfüllt entgegen seiner sonstigen erzählerischen Gewohnheit, die reichliche Abschweifungen liebt und die Unlust am Erzählen ohne die Reflexion pflegt, die Regel fast schon vorbildlich. Er entwirft das Charakterbild eines liebenswerten Menschen, der in der von ihm entwickelten Lebensart, der Kunst, stets fröhlich zu sein, sich seinen Mitmenschen als ein Mitbruder hilfreich anzudienen vermag. Frei von aller erzählerischen Herablassung werden jene trickreichen Manöver geschildert, mit denen Wuz die Härten seines beschränkten Lebens pfiffig umgeht, mit denen er den bitteren Notwendigkeiten seiner Existenz stets ein Schnippchen zu schlagen weiß. Er hat nicht sein Schicksal zu verantworten, aber seinen Umgang damit. Man kann es als skurril und bedenklich erachten, wie Wuz lebt, aber man kann es auch als genial erachten, wie er die Notwendigkeiten meistert. In blühender Phantastik erschafft er sich aus dem Messkatalog seine eigene Welt, die eine originäre

Buchwelt ist, so ursprünglich wie nur die eines Universalgenies und wiederum unter den Vorzeichen der Ewigkeit nicht unbedeutender als diejenige der literarischen Großmeister, denen er die verbürgte „Originalhandschrift“ zum editorisch verhunzten Buchmessenprodukt liefert. Der Tatenbericht und die Würdigung seiner Leistungen ist meisterhaft, und der abschließende Augenzeugenbericht über das Ableben ist großartig in seinem Realismus. Das Protokoll seiner letzten Tage und die rührende Schilderung seiner Sterbestunde sowie die Aufzeichnungen aus dem Trauerhause machen überdeutlich, wie unendlich schmerzhaft der Verlust jeglichen Menschenlebens ist. Ich fühlte, so der Protokollant „unser aller Nichts und schwur, ein so unbedeutendes Leben zu verachten, zu verdienen und zu genießen.“ |445| Versteht sich – dieser Kommentar ist nötig –, dass nicht das Leben des Verblichenen gemeint ist, sondern, dass das Leben an sich unbedeutend ist und vor allem der Tod in stoisch-allgemeiner Gleichgültigkeit als gegeben angenommen werden muss. Das aber, was in unserer Macht steht, vor allem unser Trieb zum Handeln, muss auch verantwortet werden, und aus dieser Verantwortung erwächst zu guter Letzt doch so etwas wie persönliches Glück. Maria Wuz hat es nach Auskunft seines Lobredners gefunden: „da er noch das Leben hatte, genoß ers fröhlicher wie wir alle.“ |445/46|

Aus den Kulissen der Krankenstube schaut der griechische Philosoph Epiktet ins Parkett, und das gerührte und weinende Publikum an der aufgebahrten Leiche wird langsam auf die Zielgerade der Geschichte geführt. Jetzt steht nicht mehr der Verblichene im Mittelpunkt, sondern die Trauergemeinde, hier im Spezifischen die Leser, die nach der Regel der Leichabdankung getröstet werden wollen. „Sobald ich heute … mit dieser Leichenbestattung fertig war“ |448|, hebt der Verfasser des Nachrufs zum Nachruf an, „sobald ich die sieben Worte gar geschrieben habe: so gehen ich und die Leser aus einander.“ |445| Zuvor aber wird der Redner allgemein, so umfassend allgemein und grundsätzlich, dass man glauben möchte, die Welt läge schon hinter uns. In der Tat eröffnen die Bilder, die er beschwört, eine posthumane Welt, die über den Menschen hinausweist, aus deren Kulissen nun das „Nichts“ am Sterbebett des Schulmeisters sich mit der Drohung ewiger Zerschmetterung und völliger Vernichtung aufbläst zur Fratze des Nihilismus der beginnenden Moderne. In Übereinstimmung zu den „Sieben letzten Worten Jesu am Kreuze“ wird diese Vision, zunächst eine Trostrede unter Ausschluss der Trostgründe, eine „consolatio ex negativo“, entwickelt. Es erscheint unverzeihlich, dass das gewaltige Parallelstück zur bereits existierenden „Rede des todten Christus vom Weltgebäude herab daß kein Gott sei“ bis heute so schmählich ignoriert wurde.

Wie die „Rede vom Weltgebäude“ herab ist auch die Leichen- und Trostrede am offenen Grabe des Wuz in Art einer großen Traumvision gebaut. Zunächst führt der Tod das Wort, nachdem der Träumer in der Mitternacht der mystischen Sommersonnenwende des 21. Juni die gewaltige Szenerie realisiert hat. Aus dem eingedunkelten Himmels-Ozean glimmen Arkturus und der große Bär und die Andromeda als zitternde Lichtpünktchen auf den Visionär herab, der sich jämmerlich klein und als ein eitler Schriftstellernarr vorkommt. Er weiß, dass sein Abstand zum „kindischen Wuz“ und zu dessen schriftstellerischer Lebensleistung ziemlich grenzwertig ausfällt. Die Erleuchtung in seiner Verlassenheit und Einsamkeit besteht wie in der Todesvision vom 15. November 1790 darin, dass er sich alle seine sterblichen Mitmenschen, wiewohl sie nicht alle seine

Bekannten sein können, zu Freunden wünscht, denen er sich in allgemeiner Menschenfreundschaft und Liebe verbunden weiß.

> „O ihr guten Menschen! warum ist es möglich, daß wir uns unter einander auch nur eine halbe Stunde kränken?“ |450|

Warum ist es möglich, fährt der durch zwei herbe Verlusterfahrungen vereinsamte Träumer räsonierend fort,

> „daß der verlassene Mensch nicht die einzige warme Brust umschlinge, in der ein Herz liegt wie seines und zu der er sagen kann: ‚mein Bruder, du bist wie ich und leidest wie ich, und wir können uns lieben.‘“ |450|

Die Verzweiflung türmt sich für den „Leichenbestatter“ angesichts der an seinem Geiste vorüberziehenden Toten der Vergangenheit und der Zukunft zu einer unüberwindlichen schwarzen Wand auf, und wenn er gar daran denkt, dass es einen Punkt in der Zukunft geben wird, der den Beginn der nachmenschlichen Welt markiert,

> „Ach dann lege eine höhere tröstende Hand unserem Mitbruder, der *zuletzt* entschläft, den letzten Schleier ohne Zögern über das einsame Auge....“ |454|

Dann offenbart der Mund des Propheten ein endzeitlich-unheilkündendes Bild; er sieht „eine bleiche Welt aus Todtengebeinen“ |454| und ein unermessliches, alles zermalmendes Skelett heran schreiten. Es hält zwei Menschen an den Händen und blickt den Propheten an und sagt:

> „ich bin der Tod – ich habe an jeder Hand einen Freund von dir, aber sie sind unkenntlich.“ |455|

Es mag sein, dass die Freunde dem zeitgenössischen Leser unkenntlich waren, uns sind sie als Adam Lorenz von

Oerthel und Johann Bernhard Hermann kenntlich, und spätestens hier ist der Punkt erreicht, wo die literarische Fiktion zur realen Gedenktafel wird, wo sie in biographische Wirklichkeit umschlägt. Des Trostes bedarf nun nicht mehr nur die fiktive Trauergemeinde, die Leser einer unheimlichen Idylle, einer mehr als nur „gefährdeten" Idylle, sondern ihr Autor selbst und sein mit ihm die beiden Freunde überlebender dritter Freund, Christian Otto, dem diese verzweifelte Trostrede ebenfalls gilt.

In der tiefsten Tiefe der Verzweiflung über das „Gift des Todes", das auch den Seher in schwarze Ewigkeit zu verflüchtigen droht, entringt sich ihm ein Seufzer aus zwiespältig-widersprüchlichen Fragen, gespeist aus dem Glaubensbekenntnis „credo, quia absurdum est" („ich glaube, weil es unvernünftig ist"):

> „verhüllter Vater, lässest du mich vernichten? sind *diese* auch vernichtet? Endigt das gequälte Leben in eine Zerschmetterung? Ach, konnten die Herzen, die zertrümmert werden, dich nur so kurz lieben?" |455/56|

Der literarischen Überhöhung in der Jean Paulschen Traumvision entspricht an allen Gräbern der Welt eine nicht minder große, wenn auch zumeist banalere Verzweiflung. Wo den Trost hernehmen angesichts der Trauer, der Klage und des Leids? Es gibt jenseits religiös-engstirniger Rechtgläubigkeit keinen Trost, außer den aus den Tiefen eines absurd zu nennenden Glaubens; jeder ehrliche Pastor ist da am Ende seines Lateins, und er flüchtet sich in die gebilligten, die geheiligten Texte. Nicht so der Dichter; er macht daraus ein Angebot von Unsterblichkeit, eine Erfüllung von endzeitlicher Heilserwartung, die dem Erfinder der These „Gott ist tot" die Zornröte ins Gesicht trieb. Nicht der Philister war es, der Friedrich Nietzsche empörte, es war der „krankhafte“ Moralist mit seinem absurden Glaubensbekenntnis: „Es sei! ... du wirst nie vergehen.“ |458/59| Poetisch-seelsorgerisch folgt der Klage und der Verzweiflung nun ein Bild frommen, aber theologisch eher fragwürdigen Trostes, ganz im Sinne des siebten Wortes Jesu auf Golgatha: „Vater, in deine Hände lege ich meinen Geist.“ (Lukas 23,46). In dieser Bescheidenheit wird die unbedeutende Lebensminute unendlich kostbar.

Der Tod versinkt wie ein schwarzer Leichenschleier im Grab. Die Szenerie verändert sich dem Träumenden; ein Regenbogen baut sich auf, die Welt wird wieder hell und klar. Ein Engel tritt auf, der sich als ein Bote des Friedens und der Ruhe erklärt und der vorgibt, die Sterbenden ins Jenseits zu begleiten.

> „Ich liebe und tröste euch Menschen und bin bei eurem großen Kummer – wenn er zu groß wird, wenn ihr euch auf dem harten Leben wundgelegen: so nehm’ ich die Seele mit ihren Wunden an mein Herz und trage sie aus eurer Kugel, die dort in Westen kämpft, und lege sie schlummernd auf die weiche Wolke des Todes nieder.“ |457|

Der seinerseits Trost suchende Tröster, der wachende Träumer, wagt einen Einwand, den der Engel sanft entkräftet. Alle die Schlafenden auf der Wolke des Todes, im Besonderen die Freunde der Jugend, sie werden leben:

> „Alle diese Wolken ziehen mit ihren Schläfern nach Morgen – und sobald der große gute Gott aufgeht in der Gestalt der Sonne: so wachen sie alle auf und leben und jauchzen ewig.“ |458|

Zwar wird der Traum nicht einfach Wahrheit, denn die Sonne des Traumes, die nun aufgeht und die alle geschlossenen Augen öffnet, öffnet auch die Augen des Träumers.

Und anders als den Schläfern auf ihren Wolken geht ihm nicht die Gottessonne, sondern die kalte Erdensonne auf. Nicht zu ewigem, sondern zu zeitlichem Leben erwacht er und mit ihm seine trauernden Mitbrüder wieder. Aber wie in allen uralten Mysterien verbürgen die Träume Wahrheit, sind sie das Unterpfand einer Weisheit, die aller Vernunftweisheit spottet. Der aus tröstlichem Traum Erwachte erhebt seine „Augen in die unendliche Welt über diesem Leben“ |459| und versichert sich gegen das „Sternenbild der grenzenlosen Gestalt des Unendlichen“:

> „Es sei! … ich werde groß und ewig durch deine Stimme in meinem edelsten Innern: du wirst nie vergehen. ––“ |458/59|

Ausdrücklich wendet sich der Redner dann an die Zuhörer, und wie es sich für eine wohlgerundete Leichenrede ziemt, nimmt er sie mit einer rhetorisch vorbildlichen Wendung elegant in seine Gedankengänge auf:

> „Und so wer mit mir sich einer Stunde erinnert, wo ihm der Engel des Friedens erschien und ihm theuere Seelen aus der irdischen Umarmung zog, ach, … der bezwinge das Sehnen und sehe mit mir fest zu den Wolken auf und sage: ruhet immerhin auf eurem Gewölke aus, ihr entrückten Geliebten!“ |459|

Zuletzt aber nimmt er den verbliebenen Freund, in dem sich für ihn auch die Trauergemeinde am Grab des Schulmeisters fokussiert, fest an die Hand mit dem frommen Wunsch – „geliebter Christian, o, bleibe hienieden bei mir!“ – auf ein glückliches Leben in der Kunst, stets fröhlich zu sein. Die Wuzgeschichte, eine poetische Leichabdankung von Johann Paul Friedrich Richter auf seine verstorbenen Freunde, hat ihr Jean Paulisches Ziel erreicht: literarische Ewigkeit und selige Leser.

Bibliothek der Erstausgaben im dtv

Herausgegeben von Joseph Kiermeier-Debre

Jeder Band der dtv-Bibliothek der Erstausgaben enthält – neben dem originalgetreuen Abdruck des Textes – einen informativen Anhang: Anmerkungen zur Textgestalt, ein Glossar, Daten zu Leben und Werk sowie ein ausführliches Nachwort des Herausgebers zur Entstehungs- und Wirkungsgeschichte

Achim von Arnim
Isabella von Ägypten
ISBN 978-3-423-02642-0

Clemens Brentano
Gockel, Hinkel und Gackeleia
ISBN 978-3-423-02641-3

Georg Büchner:
Danton's Tod
ISBN 978-3-423-02606-2

Lenz
ISBN 978-3-423-02626-0

Leonce und Lena
ISBN 978-3-423-02643-7

Adelbert von Chamisso
Peter Schlehmil's wundersame Geschichte
ISBN 978-3-423-02652-9

Annette von Droste-Hülshoff
Die Judenbuche
ISBN 978-3-423-02607-9

Joseph Freiherr von Eichendorff:
Aus dem Leben eines Taugenichts
ISBN 978-3-423-02605-5

Das Marmorbild
ISBN 978-3-423-02674-1

Theodor Fontane:
Frau Jenny Treibel
ISBN 978-3-423-02672-7

Effi Briest
ISBN 978-3-423-02628-4

Bibliothek der Erstausgaben im dtv

Herausgegeben von Joseph Kiermeier-Debre

Johann W. Goethe: Götz von Berlichingen
ISBN 978-3-423-02668-0

Die Leiden des jungen Werthers
ISBN 978-3-423-02602-4

Iphigenie auf Tauris
ISBN 978-3-423-02670-3

Egmont
ISBN 978-3-423-02669-7

Torquato Tasso
ISBN 978-3-423-02648-2

Märchen · Novelle
ISBN 978-3-423-02653-6

Faust. Eine Tragödie
ISBN 978-3-423-02623-9

Die Wahlverwandtschaften
ISBN 978-3-423-02651-2

West-oestlicher Divan
ISBN 978-3-423-02671-0

Faust II
ISBN 978-3-423-02631-4

Friedrich de la Motte Fouqué Undine
ISBN 978-3-423-02650-5

Jeremias Gotthelf Die schwarze Spinne
ISBN 978-3-423-02633-8

Franz Grillparzer Der arme Spielmann
ISBN 978-3-423-02615-4

Friedrich Hebbel Maria Magdalene
ISBN 978-3-423-02627-7

Heinrich Heine: Buch der Lieder
ISBN 978-3-423-02614-7

Deutschland. Ein Wintermärchen
ISBN 978-3-423-02632-1

Friedrich Hölderlin Hyperion
ISBN 978-3-423-02624-6

Bibliothek der Erstausgaben im dtv

Herausgegeben von Joseph Kiermeier-Debre

E.T.A. Hoffmann:
Der goldene Topf
ISBN 978-3-423-02613-0
Das Fräulein von Scuderi
ISBN 978-3-423-02645-1
Der Sandmann
ISBN 978-3-423-02684-0

Hugo von Hofmannsthal:
Jedermann
ISBN 978-3-423-02656-7
Der Rosenkavalier
ISBN 978-3-423-02658-1
Die Frau ohne Schatten
ISBN 978-3-423-02667-3

Franz Kafka:
Betrachtung
ISBN 978-3-423-02666-6
Die Verwandlung
ISBN 978-3-423-02629-1
Der Prozess
ISBN 978-3-423-02644-4
Das Schloss
ISBN 978-3-423-02663-5

Gottfried Keller:
Romeo und Julia auf dem Dorfe
ISBN 978-3-423-02637-6
Kleider machen Leute
ISBN 978-3-423-02617-8

Heinrich von Kleist:
Die Marquise von O…
ISBN 978-3-423-02649-9
Penthesilea
ISBN 978-3-423-02640-6
Michael Kohlhaas
ISBN 978-3-423-02604-8

Gotthold Ephraim Lessing:
Minna von Barnhelm
ISBN 978-3-423-02610-9
Emilia Galotti
ISBN 978-3-423-02620-8
Nathan der Weise
ISBN 978-3-423-02600-0
Die Erziehung des Menschengeschlechts
ISBN 978-3-423-02630-7

Bibliothek der Erstausgaben im dtv

Herausgegeben von Joseph Kiermeier-Debre

J. M. R. Lenz
Der Hofmeister
ISBN 978-3-423-02621-5

C. F. Meyer
Das Amulet
ISBN 978-3-423-02646-8

Eduard Mörike
Mozart auf der Reise nach Prag
ISBN 978-3-423-02616-1

Christian Morgenstern
Galgenlieder
ISBN 978-3-423-02639-0

Novalis
Heinrich von Ofterdingen
ISBN 978-3-423-02603-1

Jean Paul
Leben des vergnügten Schulmeisterleins Maria Wuz in Auenthal
Eine Art Idylle
ISBN 978-3-423-02687-1

Wilhelm Raabe
Stopfkuchen
Eine See- und Mordgeschichte
ISBN 978-3-423-02685-7

Friedrich Schiller:
Die Räuber
ISBN 978-3-423-02601-7
Kabale und Liebe
ISBN 978-3-423-02622-2
Dom Karlos
ISBN 978-3-423-02636-9
Wallenstein
ISBN 978-3-423-02660-4
Maria Stuart
ISBN 978-3-423-02611-6
Wilhelm Tell
ISBN 978-3-423-02647-5
Die Jungfrau von Orleans
ISBN 978-3-423-02682-6
Der Geisterseher
ISBN 978-3-423-02683-3